Siegfried Lindhorst

Vorbei und nicht zu Ende

Herstellung und Verlag:
BoD-Books on Demand , Norderstedt
ISBN: 978-3-7412-9734-2

Vorbei und nicht zu Ende

Laura und Stefan sind schon drei Jahre lang zusammen. Sie haben ihre gemeinsame Zukunft fest geplant. Die Zweizimmerwohnung ist gemütlich eingerichtet, soll aber nur so lange für beide das Zuhause sein, bis genug Geld für ein Häuschen zusammengespart ist.
Doch an einem Morgen ist alles anders. Laura kann es kaum glauben, was mit ihr geschieht. Ihr glückliches Leben mit Stefan ist von einem Moment auf den anderen vorbei.

Siegfried Lindhorst, Jahrgang 1953, weiß als ehemaliger langjähriger Leiter einer Mordkommission im Westen Schleswig-Holsteins, dass Gewalttaten sich häufig im engsten Opferumfeld abspielen und allein schon dadurch Unvorstellbares bewirken können.

Der fiktive schleswig-holsteinische Ort Klosterhausen, zwischen Elmshorn und Neumünster gelegen, ist abermals Schauplatz der Ereignisse. Die Handlung und die Personen in diesem Buch sind frei erfunden.

1.
Er war nicht da. Das war noch nie vorgekommen. War etwas passiert? Laura Köster fuhr erschrocken hoch. Das Bett neben ihr leer, von ihrem Stefan keine Spur. Sie sah durch das Schlafzimmerfenster nach draußen und fand, dass das trübe, regnerische Wetter nicht zu Anfang Mai passte.
Laura überlegte. Er war noch nicht zu Hause gewesen, als sie gestern gegen halb elf zu Bett gegangen war.
Abendtermine, hatte er ihr gestern erzählt. Das war nicht ungewöhnlich, fand sie.
Ihr Freund Stefan Zachert, Versicherungsmakler der großen Elmshorner Versicherung, war in seinem Beruf recht erfolgreich. Sein eigenes Bezirksbüro im Zentrum von Klosterhausen führte Stefan schon seit einem Jahr. Die sechsundzwanzigjährige Laura, immerhin schon drei Jahre mit Stefan zusammen, war stolz auf ihn und vertraute ihm völlig.
Nein, es musste etwas passiert sein, sonst hätte er sich doch gemeldet. Laura sprang aus dem Bett und sauste in den Flur ihrer Zweizimmerwohnung. Stefans Schlüssel steckte von innen in der Wohnungstür, seine schwarze Lederjacke hing an der Garderobe.
Aber wo war ihr Freund?
Sie öffnete die Wohnzimmertür und konnte es nicht glauben. Er lag auf ‚Ektorp', dem schicken hellblauen Dreisitzer von Ikea, der neben den beiden gut dazu passenden Sesseln mit dem Ikea-Namen ‚Landskrona' die neueste Errungenschaft der beiden war.
„Wo warst du?" Ihre Stimme überschlug sich fast. „Erzähl' schon."
Stefan öffnete ganz langsam die Augen und blickte an die Zimmerdecke. Dann drehte er seinen Kopf zu Laura, die immer noch mit empörtem Gesicht in der Tür stand. Seine stahlblauen Augen richtete er auf seine Freundin.

Oh, wie oft sonst zeigte sie sich begeistert von diesen Augen, diesen tollen, blauen Augen. Aber jetzt an diesem Morgen? Laura schauderte.

Stefans Blick war kalt, eiskalt. Er sagte kein Wort.

Er wollte nicht erzählen, dass er am Abend zuvor bei einer Kundin schwach geworden war. Eigentlich war es ein ganz gewöhnlicher Kundenbesuch gewesen. Doch irgendwie hatte es sich anders entwickelt, als Stefan sich den Abschluss einer Berufsunfähigkeitsversicherung für die allein lebende junge Pharmaberaterin vorgestellt hatte. Irgendwie verwirrt war er dann mitten in der Nacht nach Hause gekommen, verwirrt von den Worten seiner nächtlichen Eroberung, dass ihr dieses eine Mal mit Stefan durchaus reichen würde, Abwechslung sei ihr im Leben sehr wichtig.

Zwanzig Minuten später am Frühstückstisch schwieg Stefan immer noch. Laura war zuerst ins Bad gegangen, um anschließend den Frühstückstisch zu decken, während Stefan im Bad war. Das gemeinsame Frühstück war sonst immer der gelungene Start in den Tag gewesen. Probleme wurden spätestens hier begraben. Aber heute? Kein Ton von ihm.

„Was ist los?", durchbrach Laura die marternde Stille und strich sich mit ihrer rechten Hand nervös über ihr kurzes, dunkelbraunes Haar. „Wo warst du? Wann bist du nach Hause gekommen? Warum hast du im Wohnzimmer übernachtet?"

Keine Antwort. Er blickte sie wieder nur schweigend an. Dann erhob er sich, ging in den Flur und zog seine Lederjacke an. Laura hinterher.

Mit ihrem schlanken, sportlichen Körper versperrte sie ihm den Weg zur Wohnungstür. Ihre braunen Augen gifteten ihn an. „Du sagst mir endlich, was los ist! Hast du verstanden?"

Er drängte zur Tür. Sie stand vor ihm, breitete beide Arme aus und ließ ihn nicht weiter. „Los, sag' schon, was ist los? Sein kalter Blick wurde eisig. Seine hohe Stirn mit den für sein Alter von neunundzwanzig Jahren eher auffälligen Geheimratsecken zog Falten. Ein bedrohliches Bild. Und dann passiert etwas, was Laura nie und nimmer erwartet hätte. Der kräftige aktive Hobbyfußballer holte aus und schlug seiner Freundin mit voller Wucht seine flache Rechte ins Gesicht. Dann verließ er die Wohnung.

*

Maike Albers wunderte sich. Als Inhaberin des örtlichen Buchladens „Lesefreude" kam sie täglich erst gegen neun in ihr Geschäft. Ihre Mitarbeiterin Laura Köster hatte zu dieser Zeit meistens schon die Zeitungsstapel der Nachtlieferung vor dem Geschäft weggenommen und die Zeitungen in die Ständer sortiert. Heute war Maike die erste, und die etwas pummelig wirkende Mittvierzigerin war gar nicht begeistert davon, dass sie nun diese Arbeit machen musste. Sie schnaufte ein wenig, als sie die Stapel in den Laden hievte und blickte mürrisch, als ihre Kollegin kurz darauf erschien. „Du kommst aber spät", sagte sie, ohne zu Laura aufzusehen. Das tat sie erst, als Laura in der Ladentür stehen blieb und nicht antwortete. Maike sah die verweinten Augen und ging auf sie zu. „Laura, was ist los mit dir? Was ist passiert?" Laura schluchzte, hielt sich den Kopf und sagte leise: „Stefan, Stefan…"
Maike kannte Stefan Zachert und fand ihn sehr nett. Oft hatte er seine Freundin mittags im Buchladen abgeholt, um gemeinsam mit ihr die Mittagspause zu verbringen. Dabei war er immer sehr charmant aufgetreten, hatte sich an der Arbeit im Buchgeschäft sehr interessiert gezeigt. Maike war erschrocken. „Oh Gott, was ist mit ihm?"
Laura schluchzte lauter.
„Hatte er einen Unfall?" Laura schüttelte den Kopf.

„Ist es schlimm?" Laura jammerte lauter, dann würgte sie es heraus: „Geschlagen, er hat mich geschlagen."
Maike nahm ihre randlose Brille, die ihr ein eher lehrerhaftes Aussehen verlieh, ab und hielt sie in der linken Hand, als sie ihre Kollegin in den Arm nahm und tröstend drückte. „Oh ja, das ist schlimm, sehr schlimm sogar."
Laura Köster wurde mehrfach vom Weinen geschüttelt, als sie die ganze Geschichte in allen Einzelheiten erzählte. An diesem Morgen war es sehr ruhig in der „Lesefreude". Nur ein Kunde kam herein, während Laura berichtete. Laura stockte ihre Erzählung, während der Kunde kurz die Wochenzeitung „DIE ZEIT" aus dem Zeitungsregal nahm und das Geld dafür passend auf den Verkaufstresen legte. Maike Albers nickte dankend. Der Kunde verließ den Laden zügig, offensichtlich ahnend, dass er hier eine besondere Situation störte.
„Wenn ein Partner zuschlägt, dann ist die Beziehung am Ende", sagte Maike, als Laura Köster alles erzählt hatte.
Sie wusste nur zu gut, was sie gerade sagte, denn diese Erkenntnis war über einen Zeitraum von fast fünf Jahren bei ihr gewachsen. So lange hatte es gedauert, bis sie sich von ihrem Ehemann Jan Kosseck im vorletzten Jahr endlich scheiden ließ. Jan war ein herzensguter Partner, aber seine Eifersucht war krankhaft. Maike hatte ihm nie einen Anlass dafür geboten, aber Jan interpretierte nahezu jeden Kontakt seiner Maike zu anderen Männern als einen bevorstehenden oder schon begangenen Ehebruch. Und in ihrem Traumberuf als Buchhändlerin war der Kontakt mit männlichen Kunden unvermeidlich. Die anfänglichen Erklärungen, die Maike ihrem Jan zunächst gab, nützten nichts. Nein, Jan glaubte ihr nicht, nie. Wut kam in ihm auf, die dazu führte, dass er Maike schlug. Tags darauf bat er um Verzeihung, kam mit Geschenken, mit Versprechen, wollte sich ändern, in Therapie gehen. Und Maike glaubte ihm. Immer wieder. Viermal hatte sie sich von Jan nach solchen Attacken getrennt, und sich wieder mit ihm versöhnt. Dann hatte sie

es begriffen, die Scheidung gewollt und später ihren alten Namen wieder angenommen. Nichts sollte sie noch an die schlimme Zeit mit Jan Kosseck erinnern.

„Wenn ein Partner Gewalt anwendet, dann gibt es nichts mehr zu heilen. Dann ist alles kaputt." Maike sagte diese bitteren Worte sehr überzeugend, Laura nickte schweigend.

Der Tag verlief ruhig im Buchladen. Laura hatte sich einigermaßen gefasst, als sie abends um halb sieben nach Hause fuhr. „Denk' dran", mahnte Maike Albers zum Feierabend, „lass Stefan nicht mehr in deine Wohnung. Gib ja nicht nach. Auch wenn er bittet und bettelt. Das nützt alles nichts. Wer einmal schlägt, der tut es wieder."
Diese Worte wirkten nach, als Laura mit ihrem weißen Polo durch ihre Stadt Klosterhausen fuhr. Hier, in dieser zwanzigtausend Einwohner zählenden Stadt im Westen von Schleswig-Holstein, war sie aufgewachsen. Hier wohnten ihre Eltern in der Ostlandsiedlung, genauer gesagt in der Memeler Straße 17. Hier hatte sie alles erlebt, was ihr wichtig zu sein schien. Nur zur Ausbildung war sie in das dreißig Kilometer entfernte Elmshorn gefahren, hatte dort ein möbliertes Zimmer bei einer älteren Dame gemietet, um nicht täglich nach Klosterhausen zurück zu müssen. Hier in Klosterhausen bezog sie dann ihre erste eigene Wohnung. Die Zweizimmerwohnung im Erdgeschoss des Mehrfamilienhauses in der Kantstraße 22, in die nach kurzer Zeit auch ihr Freund Stefan einzog. Pläne hatte sie mit Stefan gemacht. Pläne, in den nächsten fünf Jahren ein eigenes Haus zu bauen. Pläne, mindestens zwei Kinder zu haben. Pläne, Ziele, Wünsche…
Aber jetzt? Alles aus. Geplatzt. Vorbei. Stefan hatte sie geschlagen! Sie wollte nichts mehr von Stefan. Das würde sich auch nicht ändern. Das wusste sie ganz genau. Ihre Chefin Maike hatte es auch klar ausgesprochen. Genauso dachte Laura. Sie würde Stefan nicht mehr in ihre Wohnung lassen.

Laura stellte ihren Polo auf den Stellplatz neben dem modernen roten Backsteinbau und ging zielstrebig in ihre Wohnung. Sie schloss die Wohnungstür ab und legte die Kette vor. Danach hatte sie noch einiges in der Wohnung zu tun. Gegen halb acht hörte sie, wie die Haustür aufgeschlossen wurde. Danach ihre Wohnungstür. Sie ging leise vom Wohnzimmer in den Flur und bekam mit, wie die Sicherungskette das weitere Öffnen der Tür stoppte. Stille. Aber nur einige Momente.

„Laura? Laura, ich bin's, Stefan. Laura mach' bitte auf."
Laura wartete still. Ihr Herz klopfte mächtig. Sie war aufgeregt.
„Laura, bitte! Das war nicht so gemeint, alles wird wieder gut."
„Nichts wird wieder", rief sie mit sich fast überschlagender Stimme. „Du kommst hier nicht mehr rein. Du hast mich geschlagen."
„Das tut mir wirklich leid, Laura. Das passiert nie wieder. Das verspreche ich dir. Nie wieder, glaub' mir", flehte Stefan weinerlich.
„Verschwinde! Ich will dich nicht mehr sehen! Nie mehr! Hau ab!"
Stefans Ton änderte sich, wurde fordernder. „Das ist auch meine Wohnung, also mach' endlich auf!"
„Du irrst, es ist meine Wohnung. Ich habe den Mietvertrag abgeschlossen, ich allein. Wirf den Schlüssel in den Briefkasten und lass Dich nie wieder sehen."
„Aber, aber, meine Sachen…", stotterte Stefan, völlig überrascht von der konsequenten Vorgehensweise seiner Freundin.
„Deine Sachen stehen gepackt auf der Terrasse", sagte Laura mit deutlicher Stimme. Das anfängliche aufgeregte Vibrieren war weg.
Es dauerte einige Momente, dann schlug Stefan seine Faust mit voller Wucht gegen die Wohnungstür. Es knallte durch den gesamten Wohnblock. In der Wohnung gegenüber

öffnete sich die Tür und Laura hörte ihren Nachbarn Helmfried Mannert mit lauter Stimme rufen: „Jetzt ist Ruhe hier im Bau. Verstanden?"
Helmfried Mannert, eigentlich ein herzensguter und friedliebender Einzelgänger von Anfang vierzig, hatte sich in seiner verdienten Feierabendruhe gestört gefühlt und den Wetterbericht im Schleswig-Holstein Magazin nicht richtig mitbekommen. Wer den hünenhaften Zweimeter-Mann mit ernstem Gesichtsausdruck dann im Hausflur gesehen hatte, der wäre nie auf die Idee gekommen, der eindeutigen Aufforderung des kräftigen Gerüstbauers auch nur im Ansatz zu widersprechen. Stefan Zachert auch nicht. Wortlos verließ er das Haus. Laura hörte noch, wie etwas in den Briefkasten gesteckt wurde und wartete im Wohnungsflur, bis Stefan die drei von ihr gepackten Reisetaschen von der Terrasse geholt hatte.
Sie verließ die Wohnung nicht mehr, ging ganz früh zu Bett und konnte kaum schlafen. Immer wieder waren ihre Gedanken bei dem Unfassbaren. Immer wieder sah sie Stefans Gesicht, das sich zu einer hässlichen Fratze verzogen hatte, als er sie schlug. Dann war sie wieder völlig wach und meinte, dass sich jemand auf der Terrasse zu schaffen machte. Sie traute sich nicht, ins Wohnzimmer zu gehen um nachzusehen. Morgens um drei klingelte ihr Telefon mehrfach bis der Anrufbeantworter ansprang. Um vier und um fünf Uhr wieder. Auf den Anrufbeantworter sprach niemand.

2.
„Wo ist Stefan? Warum kommt er nicht mit?" Maren Köster wunderte sich, dass Laura abends alleine erschien. Laura war meistens mit Stefan zusammen zu Besuch bei ihren Eltern.
Laura hatte sich vorgenommen, stark zu sein, als sie ihrer Mutter antwortete. „Der kommt nie mehr. Es ist aus. Wir

haben uns getrennt." Dann weinte sie doch. „Er hat mich geschlagen."

Maren Köster war entsetzt. Die sechzig Jahre alte Sekretärin der Gesamtschule Klosterhausen ging auf ihre einzige Tochter zu. Laura stand in der Tür zur Küche, wo Maren Köster gerade den Geschirrspüler mit dem Abendbrot-geschirr gefüllt hatte. In diese Situation platzte Sören Köster, der sich gerade aus dem Keller seines schmucken Einfamilienhauses eine Flasche Feierabendbier geholt hatte. Er sah, wie seine Frau die Tochter in den Arm nahm und runzelte ahnungslos die Stirn.

„Stell dir vor, Stefan hat Laura geschlagen", klärte Maren Köster ihren Mann auf. „Der gehört angezeigt", sagte sie voller Mitgefühl und ihr Gesicht zeigte deutlich Wut und Empörung.

Sören Köster stellte die Bierflasche auf den Küchentisch, ging zu seiner Tochter, legte ihr seine rechte Hand auf die Schulter und fragte ruhig: „Willst du uns erzählen, was passiert ist?"

Laura berichtete ganz ausführlich und ließ keine Zweifel daran, dass die Trennung von Stefan das einzig Richtige war. Darin wurde sie auch von ihren Eltern bestärkt. Als ihre Mutter aber noch einmal davon anfing, dass Stefan Zachert wegen Körperverletzung angezeigt werden müsse, war es ihr ein Jahr älterer Ehemann, der davon abriet. „Maren, du musst es doch von der Schule wissen, was so eine Anzeige bewirkt. Da kommt meistens nichts nach."

Sören Köster war Hausmeister an der Gesamtschule Klosterhausen und somit wie seine Ehefrau über außergewöhnliche Dinge in der Schule auf dem Laufenden. Wenn sich dort, was immer mal wieder vorkam, Schüler untereinander prügelten und überbesorgte Eltern das Geschehen bei der Polizei anzeigten, dann war das so gut wie immer sinnlos, weil Wochen später die Sache eingestellt werden musste. Die Gemüter hingegen waren allerdings mehr als erhitzt.

„Wie soll man Stefan denn beweisen, dass er Laura geschlagen hat?" fragte er mahnend und erntete von seiner Tochter ein anerkennendes Nicken. Sören Köster schüttelte seinen Kopf und sagte: „Ist schon richtig, Laura, dass du ihn rausgeworfen hast."

Laura hatte auch von Helmfried Mannert erzählt. Sören fand es schade, dass Nachbar Helmfried nicht deutlicher seine Verärgerung zum Ausdruck gebracht hatte. „Die Sprache hätte Stefan sofort verstanden", meinte der Vater.

Um Laura auf andere Gedanken zu bringen, schalteten ihre Eltern noch den PC ein, um ihr die erst kürzlich von Sören digitalisierten alten Fotoaufnahmen zu zeigen. Laura war ganz angetan von der rührenden Art, wie sich ihre Eltern an diesem Abend um sie kümmerten. Gern schaute sie sich die alten Bilder an, die ihr Vater nun mit Untertiteln beschriftet hatte. Aufnahmen vom Urlaub auf Rügen vor fünfzehn Jahren und von einer gemeinsamen Reise nach Paris im Jahre 2000 heiterten die junge Frau auf. Sie vergaß für einige Zeit ihren Schmerz. Auch als sie gegen halb elf nach Hause fuhr, dachte sie nicht an Stefan Zachert. Den schwarzen Opel Mokka, der ein Stück weiter in der Kantstraße parkte, nahm Laura nicht wahr, als sie ihren Polo auf den Stellplatz fuhr. Sie stellte den Motor ab, zog den Zündschlüssel und wollte gerade aussteigen, als ganz plötzlich die Beifahrertür geöffnet wurde. Stefan sprang ins Auto, und Laura schrie so laut sie nur konnte. Stefan hielt sie am Arm fest und hinderte sie daran, das Fahrzeug zu verlassen. Die Fahrertür stand offen und Laura schrie.

„Sei still, ich will nur mit dir reden", fauchte Stefan und hielt sie weiter fest. Laura zappelte und schrie. Sie sah, wie nach und nach in ihrem Wohnblock Lichter eingeschaltet wurden. Auch ein Licht in der Wohnung von Nachbar Mannert. Der öffnete das Fenster und brüllte: „Was ist da los. Pass auf, ich komme gleich."

Stefan erkannte ihn und ließ unverzüglich von Laura ab. „Ich krieg' dich doch", zischte er Laura zu, verließ den Polo, rannte zu seinem Auto und brauste schleunigst davon.
„Was war denn?" fragte Mannert besorgt, als er keuchend bei Lauras Polo ankam. „War er das wieder?" Laura nickte stumm.
In der Nacht klingelte zweimal das Telefon.

*

„Oh, das sieht gar nicht so gut aus", kommentierte Maike Albers besorgt die Erlebnisse ihrer Mitarbeiterin am nächsten Morgen in ihrem Buchladen.
„Auch der Herr Kossek wollte nicht loslassen."
Maike redete über ihren Ex-Ehemann immer so distanziert, vermied Ausdrücke wie „mein Ex" oder auch den Vornamen Jan. Sie hatte gemerkt, dass sie dann leichter über ihr schlimmstes Lebenskapitel sprechen konnte.
„Herr Kossek hat mich erst in Ruhe gelassen, nachdem er richtig vermöbelt worden war."
„Wie? Vermöbelt? Hast Du ihn geschlagen? Oder hat das jemand für dich getan?" Laura war irritiert. Gewalt traute sie Maike nicht zu.
„Nein, so nicht", antwortete Maike und schüttelte ihren Kopf, „Herr Kossek war trotz Verbots vom Gericht in meine Wohnung eingedrungen und spitzte die Möbel an."
„Was ist das?" Laura konnte nichts mit dem Ausdruck anfangen.
„Das sagt man, wenn jemand eine Wohnung regelrecht auseinander nimmt, die Stühle zertrümmert und so."
„Ach, und das hat der… der Herr Kossek gemacht?" Laura passte sich der Ausdrucksweise von Maike an.
„Genau. Er wütete wie ein Verrückter. Den Krach haben meine Nachbarn mitbekommen und die Polizei angerufen. Als Herr Kossek die Beamten sah, da drehte er erst richtig auf, pöbelte sie an und warf mit meinem guten Essgeschirr

nach ihnen. Einen Polizisten traf er mit meiner Kaffeekanne. Das hätte er nicht machen sollen.
Es kam Verstärkung, und bis die Polizisten den Wüterich endlich fesseln und abführen konnten, kriegte er eine gehörige, schmerzhafte Tracht mit dem Prügelstock.
Aber erst das Pfefferspray stoppte ihn. Seitdem hat Herr Kossek nichts mehr gegen mich unternommen."
„Meinst du, dass ich das mit Stefan auch erlebe?" Laura war jetzt noch mehr verunsichert.
„Das wollen wir doch nicht hoffen", meinte ihre Chefin, die Laura nicht verängstigen wollte. „Ich glaube, Stefan hat noch nicht richtig realisiert, dass Schluss ist."
Beschwichtigend fügte sie an: „Das gibt sich. Bestimmt."
Nach diesen Worten zeigte Maike auf einen Stapel von Neuerscheinungen. Um Laura auf andere Gedanken zu bringen, sagte sie: „ Das sind die neuen Bücher von der Buchmesse. Würdest du sie ins Schaufenster stellen?"
Laura machte sich sofort an die Arbeit. Mit großem Eifer dekorierte sie die Auslagen um, so dass die neuen Buchangebote im Fenster gut zu sehen war. Die kleinen Preisschilder stellte sie sorgsam neben die angebotenen Romane und war dabei so vertieft in ihre Tätigkeit, dass sie gar nicht bemerkte, wie sie jemand von draußen beobachtete. Erst als ein Schatten in das Schaufenster fiel, schaute sie hoch und erschrak so sehr, dass sie zusammenzuckte. Die kleinen Preisschilder fielen ihr dabei aus der Hand. Draußen stand Stefan. Sein düsterer Blick passte zu seiner Kleidung. Schwarze Lederjacke, schwarze Jeans. Stefan starrte Laura an, sekundenlang. Seine stahlblauen Augen funkelten böse. Dann ging er rückwärts ganz langsam zu seinem Opel Mokka, der auf der gegenüberliegenden Straßenseite parkte. Dort führte er seinen rechten Zeigefinger von links nach rechts über den Hals und signalisierte Laura die ‚Kopf-ab-Geste'. Dann zeigte er ein widerliches Grinsen und nickte langsam, bevor er in seinen Mokka stieg und davonbrauste.

Laura kam erst langsam aus ihrer Schockstarre heraus, verließ das Schaufenster und versuchte, sich bei ihrer Chefin mit einem Cappuccino von diesem schauerlichen Erlebnis zu erholen.

*

Im 1. Kommissariat der Kripo Klosterhausen roch es sehr auffällig nach Zwiebelmett und Käse. Christian Landau, der Kommissariatsleiter hatte zu seinem achtundfünfzigsten Geburtstag einen Imbiss ausgegeben. Gegen halb zwölf mittags begann die kleine Party im Besprechungsraum, alle Mitarbeiter des 1. K waren dabei und langten richtig zu.
„Wer gut arbeiten will, der muss auch ordentlich etwas zu essen haben", war die Devise Landaus, der im engeren und weiteren Kollegenkreis dafür bekannt war, dass ihm die Arbeit ohne ausreichend gute bis sehr gute Nahrungsversorgung keinen Spaß machte. Nein, noch deutlicher, er weigerte sich förmlich, ohne vernünftig gegessen zu haben, die schwierige und Nerven aufreibende Arbeit zu tun. Das hielt der K-Leiter schon als junger Sachbearbeiter so und fand, dass er damit immer bestens gefahren war. Er verachtete die Haltung einiger Kollegen, wegen der Arbeit sogar auf ein Mittagessen oder einen Imbiss zu verzichten, um sich dann später darüber zu beklagen, keine Zeit zum Essen gehabt zu haben und daher fast verhungert zu sein. Die sehr konsequente Einstellung Landaus zum leiblichen Wohl fand natürlich seinen Niederschlag in Figur und Gewicht. Der Polizeiarzt hätte Landau wohl als adipös eingestuft, konnte es aber nicht, weil Landau der freien Arztwahl folgend eine Visite bei diesem Mediziner mied.
Als Endfünfziger war Christian Landau jedoch einigermaßen vorzeigbar, seine gut achtundneunzig Kilo verteilten sich immerhin auf eine recht stattliche Körpergröße, das durchaus vorhandene Doppelkinn verlieh seinem Gesicht eine freundliche Note und das immer noch volle, aber graue Kopfhaar ließ ihn eher jünger erscheinen.

Sein Stellvertreter Lukas Grote konnte mindestens genauso gut essen, aber man sah es dem fünfundvierzig Jahre alten Hauptkommissar nicht an. Er hielt sich seit vielen Jahren fit mit Dauerläufen und trainierte in diesem Jahr schon drei Monate für einen ganz besonderen Wettkampf, den er mit zwei weiteren Mitgliedern des Kommissariats im August bestreiten wollte. Im vergangenen Jahr hatte das 1. K seinen jährlichen Ausflug an einem Sonntag unternommen. Als Besucher des Ironman in Glücksburg war das gesamte Kommissariat begeistert von diesem tollen Triathlon der besonderen Art. Grote hatte wenig Mühe, die einunddreißigjährige Oberkommissarin Martina Bell und den jungen Kommissar Kai Gellert dafür zu gewinnen, als Staffel beim nächsten Ironman teilzunehmen. Die ledige Martina trieb als Ausgleich zu ihrem mit großem Einsatz versehenen Dienst Schwimmsport und hatte bei einigen Wettkämpfen in den vergangenen Jahren beachtliche Erfolge vorzuweisen. Kai Gellert, fünfundzwanzig Jahre alt, war erst seit einem Jahr im 1. K und als Ersatz für einen Kollegen gekommen, den es in das LKA verschlagen hatte. Gellert war dem K-Leiter positiv aufgefallen, als er im vergangenen Jahr die ‚Mordkommission Klosterpark' bei der Aufklärung des Mordes an einer alten Frau unterstützte. Der blonde Kai fuhr leidenschaftlich Rennrad. Seinen zwölf Kilometer langen Weg von Flethstedt zur Arbeit nach Klosterhausen legte er täglich bei Wind und Wetter mit seinem Rennrad zurück. Klar, dass die Staffelteilnehmer sich gegenseitig anspornten und so manches Mal sich auch neckten.

„Oh Lukas, du nimmst schon das dritte", frotzelte Kai, selbst schon bei seinem dritten Mettbrötchen, „du weißt schon, dass Abnehmen im Alter sehr schwierig wird."

„Meinst du mich wirklich", fragte Lukas schmunzelnd. Sein Blick wanderte zu Christian Landau, der gerade genüsslich in sein Käsebrötchen biss.

Noch kauend schlug Landau zurück und sagte: „Ich weise nur vorsorglich darauf hin, dass abfällige Bemerkungen gegen mich, jedweder Art auch immer, Auswirkungen in der bevorstehenden Beurteilungsrunde nach sich ziehen."
„Du bist bestimmt nicht gemeint", sagte Claudia Kaufmann, schon über zwanzig Jahre im Team des 1. K. Die sechsundvierzig Jahre alte Angestellte konnte es sich erlauben, noch eins draufzusetzen. „Christian, dir darf niemand etwas. Wegen deines Alters stehst du doch unter besonderem Schutz."
„Nun lass doch unseren Chef in Ruhe", merkte Martina Bell an und rümpfte ihre Stubsnase, „sonst wird Christian noch trübsinnig."
„Du meinst die Gefahr einer Altersdepression", lästerte Claudia weiter und kicherte leise in sich hinein.
„Ich habe mit meinem Alter keine Probleme", erklärte Landau und konterte Richtung Claudia Kaufmann: „Aber das scheint bei Dir etwas anderes zu sein. Dein manchmal schrilles Outfit entspricht nicht immer dem einer Frau, die stramm auf die fünfzig zugeht." Damit spielte er auf Claudias Kauf einer knallgelben Strickjacke in der vergangenen Woche an, die zum Vergnügen aller diente, als Landau die Farbe als kükengelb bezeichnete.
Claudia Kaufmann war irgendwie betroffen. „Du bist aber auch ein Spießer!"
„So, nun ist es gut", fand Martina Bell. „Zum Dienstlichen. Ich hatte vorhin einen Anruf einer jungen Frau, die ich von der Volkshochschule kenne. Sie hat Probleme mit ihrem Ex-Freund und will gleich einmal zu mir kommen, um mit mir zu besprechen, was sie machen kann."
„Probleme? Welche Probleme sind das?" Kai Gellert war neugierig.
„Ich denke, das läuft in Richtung Stalking. So hörte sich das am Telefon an. Ihr Ex lässt sie nicht in Ruhe."
Lukas Grote blickte kritisch. „Für Stalking-Fälle sind wir aber nicht zuständig. Das macht die Schutzpolizei."

„Damit hast du recht, Lukas", entgegnete Martina und ihre Stimme wurde etwas resoluter. „Wir kommen immer erst dran, wenn alles zu spät ist. Zuerst muss immer etwas Schlimmes passieren."

Christian Landau nickte. Tatsächlich war die Mordkommission immer dann dran, wenn es nichts mehr zu retten galt.

Grausam der Fall vor zwei Jahren in Bansdorf, als eine junge Lehrerin nachts zu Hause von ihrem geschiedenen Ehemann heimgesucht wurde. Voller Angst hatte sie sich in das obere Stockwerk ihres schmucken Einfamilienhauses geflüchtet und von dort den Notruf der Polizei gewählt. Der Ehemann war sechs Monate zuvor ausgezogen, weil er eine andere hatte. Als das neue Glück schon nach vier Wochen zu Ende war, strebte er wieder nach Hause. Doch seine Frau wollte die Scheidung und nichts mehr mit ihm zu tun haben. Fortan terrorisierte er sie per Telefon, persönlich, in der Schule, beim Einkaufen. Eine richterliche Verfügung, sich seiner Frau nicht mehr zu nähern und keinen Kontakt zu ihr zu suchen, brachte nur eine kurze Unterbrechung seines, die Frau allmählich zermürbenden Treibens. Und dann brach er nachts die Haustür auf.

Der Beamte auf der Einsatzleitstelle war einziger Zeuge des Verbrechens, das dann geschah. Der Notrufmitschnitt dokumentierte jede Phase der Tat.

Die Lehrerin schrie ins Telefon. „Hilfe! Helfen Sie mir! Er kommt. Er kommt jetzt nach oben! Oh Gott!"

Dann hörte man, wie die Tür zum oben gelegenen Schlafzimmer eingetreten wurde. Es folgte ein markerschütternder Schrei. „Bitte nicht! Nein!" Dann ein Schuss und ein Poltern, als wäre ein Stuhl umgefallen. Stille für einige Augenblicke.

Eine männliche Stimme sagte: „Du hast es nicht anders verdient." Ein weiterer Schuss und ein Poltern schlossen sich an.

Noch in der Nacht war Christian Landau mit seinem Team an den Tatort gerufen worden. Die Lehrerin lag tot neben ihrem Bett im Schlafzimmer. Ein großes Loch klaffte mitten in ihrer Stirn.

Ihr Mann lag neben der Tür. Sein Kopf war merkwürdig auseinander geplatzt. Er hatte sich den 38er Revolver in seinen Mund gesteckt und abgedrückt. Ein grausames Ende.

„Du kannst dir das ja mal anhören, Martina", fand Christian Landau. „Die Geschichte muss ja nicht so ausgehen wie damals in Bansdorf."

„Genau", fand Martina, „aber so angenehm wie deine Sache im Restaurant ‚Zum Abt' wird es wahrscheinlich auch nicht." Martina sprach einen Fall an, den Christian Landau als einen sehr genüsslichen im wahrsten Sinne des Wortes empfunden hatte.

Im vergangenen Jahr war die Wirtin des besagten Klosterhausener Restaurants, die bildhübsche Polin Danuta Mazur, zu seinem K-Leiter-Kollegen Harry Lüderfeldt gekommen. Sie fühlte sich von ihrem getrennt lebenden Ehemann Edward Mazur bedrängt und bedroht. Während sie das Spitzenrestaurant erfolgreich betrieb, war es Edward, der sich häufig nach Hamburg absetzte, um das schwer verdiente Geld Danutas in zwielichtigen Etablissements zu verprassen. Irgendwann war es Danuta leid, Edwards ständigen Geldforderungen nachzugeben. Die Folge war die klare Ansage Edwards, sich das Geld direkt im Restaurant abzuholen, auch mit Gewalt.

In ihrer Not wandte sich Danuta an Harry Lüderfeldt. Der Spezialist für die Bearbeitung organisierter Kriminalität war Stammgast im ‚Abt'. Gemeinsam mit Christian Landau hatte er ein Einsatzkonzept entwickelt, das nicht nur ihm sehr gut gefiel. Während er mit Landau die folgenden Abende im Restaurant ‚Zum Abt' verbrachte und zur Tarnung des Einsatzes die kulinarischen Angebote in allen Variationen wahrnahm, observierten zivile Beamte das Restaurant von draußen.

Erst zum Geschäftsschluss am dritten Abend schlug die Falle zu. Edward Mazur hatte sich durch einen Seitengang an das Lokal herangeschlichen und war von den aufmerksamen Observationskräften sofort zu Boden gebracht worden. Eine mitgeführte Machete und ein Elektroschocker unterstrichen die Einschätzung, dass Mazur sehr gefährliche Pläne entwickelt hatte. Die Nacht über verbrachte er im Polizeigewahrsam, um am nächsten Tag in Gegenwart seines Rechtsanwalts von Christian Landau und Harry Lüderfeldt eine mehr als deutliche Ansprache zu erhalten. Edward Mazur versprach, sich in Zukunft von Danuta fernzuhalten und sie nicht mehr drangsalieren zu wollen. Die rustikale Art seiner Festnahme und die Predigt der beiden erfahrenen Kripo-Männer müssen ihn schwer beeindruckt haben. Danuta hatte bis zum heutigen Tag Ruhe vor ihm. Landau erinnerte den Einsatz sehr gerne und keinesfalls konnte er behaupten, dass die drei Abende im Restaurant nur mühevolle Warterei gewesen sei.

Laura Köster hatte morgens bei der Kripo angerufen und Martina für mittags um ein Gespräch gebeten.
Beide Frauen kannten sich aus dem Lesekreis, den Laura seit einiger Zeit leitete. Martina war auf den VHS-Lesekreis aufmerksam geworden, als das Thema „Krimi – ein Stück Realität?" angeboten wurde. Die drei Romane von Virginia Doyle über die Geschichte der Hamburger Davidwache, die ‚Detektivin' von Nicola Hahn und die ‚Hinterm-Deich-Krimis' von Hannes Nygaard waren die Grundlage für die Betrachtungen gewesen. Schnell war den Teilnehmern des Lesekreises klar geworden, dass sie in Martina eine absolute Fachfrau in ihrer Mitte hatten. Zwischen Laura und Martina entwickelte sich im Laufe der Zeit eine Art Freundschaft. So war es keine Frage, dass sich Laura mit ihren Sorgen an die Kripo-Beamtin wandte.

„Was kann man denn machen?" Laura saß zusammengesunken an dem kleinen Besprechungstisch in Martinas Dienstzimmer und schien ratlos und verzweifelt, als sie ihre Geschichte berichtet hatte.

„Um es ehrlich zu sagen, da kann man nicht viel machen. Die Körperverletzung wird er bestreiten und auch behaupten, alles andere würdest du dir einbilden." Martinas Worte klangen nicht gut.

„Dann muss ich mir das alles gefallen lassen? So geht's doch auch nicht", protestierte Laura. Ihre sonst fast niedlichen Gesichtszüge wandelten sich in sehr energische. Sie war wütend.

„Ganz so ist es nicht", entgegnete Martina. „Es gibt da etwas, was ich zumindest versuchen will. Manchmal hilft's."

„Und was willst du versuchen?" Laura schute die Beamtin erwartungsvoll an

„Ich werde mit ihm reden", beendete die Oberkommissarin das Gespräch.

*

Kai Gellert steuerte den Dienst-Passat zügig durch die Innenstadt. Das Büro Zachert's lag direkt am Klosterplatz, eine verkehrsberuhigte Zone am Anfang der kleinen, aber feinen Fußgängerzone Klosterhausens. Gellert hatte Glück, ein Stellplatz vor dem Versicherungsbüro stand für Besucher zur Verfügung.

„Na, dann mal los", sagte Martina Bell, die ihren Kollegen zu dem geplanten Gespräch vorsichtshalber mitgenommen hatte.

„Guten Tag, was kann ich für Sie tun?" Mareike Tönnes, die etwas übergewichtige junge Hilfe am Schreibtisch im Empfang blieb auf ihrem Platz sitzen und leierte ihre Begrüßung erkennbar unhöflich herunter, ohne die Besucher überhaupt anzusehen. Sie fühlte sich offensichtlich belästigt, was Kai Gellert zum Anlass nahm, betont dienstlich aufzutreten. Er hielt der Frau seinen Dienstausweis so dicht vors Gesicht, dass sie erschrocken zurückwich.

„Kripo Klosterhausen, Kriminalkommissar Gellert, wir müssen mit Herrn Stefan Zachert sprechen", stellte er sich korrekt vor. Seine Stimme war sehr laut.

„Haben Sie einen Termin? Worum geht es?" Wieder dieser leiernde Ton, den Gellert überhaupt nicht mochte.

„Das sagen wir Herrn Zachert dann lieber selbst."

„Das geht jetzt aber nicht, Herr Zachert ist beschäftigt", maulte Frau Mareike Tönnes und sah provozierend zu Gellert auf.

„Oh, ich höre, wir haben Besuch von der Polizei." Stefan Zachert war aus seinem Büro im hinteren Teil auf die ungewöhnliche Situation im Empfang aufmerksam geworden und kam nach vorn. „Was ist geschehen? Kann ich helfen?"

„Sie können", entgegnete Martina Bell, die Kai Gellert signalisierte, nun das Gespräch führen zu wollen. Sie stellte sich und ihren Kollegen vor. „Können wir das in ihrem Büro besprechen?"

„Kein Problem. Kommen Sie." Zachert wies die Besucher von der Kripo mit einem Wink an, ihm in sein Büro zu folgen.

Martina hielt sich nicht lange mit Vorreden auf. Während sich Stefan Zachert hinter seinen hellen Kiefernschreibtisch setzte, blieben sie und ihr Kollege vor dem Büromöbel stehen.

„Wir kommen zu Ihnen, weil wir mit Ihrer Ex-Freundin gesprochen haben. Nach dem, was sie uns erzählt hat, kommen da einige sehr unangenehme Dinge auf Sie zu."

Zachert tat so, als würde er nicht verstehen. „Was meinen Sie?"

„Da ist zum einen die Körperverletzung, die Sie begangen haben."

„Körperverletzung? Ich?" Zachert zeigte theatralisch mit seinem rechten Zeigefinger auf seine Brust. „Niemals."
Martina Bell fuhr fort. „Und dann kommt noch das Nachstellen dazu, Herr Zachert. Auch das ist eine Straftat."
„Das ist ja allerhand, was meine Ex sich da ausgedacht hat." Zachert tat empört. „ Sie kommt wohl nicht damit zurecht, dass ich nicht mehr da bin. Da spinnt sie sich eben sowas zusammen."
Martina Bell fuhr in einem extrem sachlichen Ton fort: „Wenn das so ist, dann werden wir im Umfeld von Laura Köster sicher Aufschlussreiches zu hören kriegen…"
„Ja, das werden Sie. Fragen Sie dort nach", ereiferte sich Zachert. Seine große Stirn zeigte tiefe Furchen, er war sichtbar wütend.
„…und sicher in Ihrem Umfeld auch", beendete Martina Bell ihre Ankündigung, wobei ihre letzten Worte doch eher drohend klangen.
„Was wollen Sie? Wen wollen Sie fragen?"
Martina hatte sich vor dem Gespräch schlau gemacht. „Na, Feinkost-Zachert kennt hier doch jeder. Das Geschäft betreiben Ihre Eltern, nicht wahr? Und Ihr Bruder Klaus ist auch dabei, richtig?"
Stefan Zachert war irritiert. „Und was wollen Sie meine Eltern fragen?"
„Nicht nur die werden wir befragen. Auch in der Hauptstelle Ihrer Versicherung in Elmshorn werden wir noch erscheinen und sicher geeignete Gesprächspartner in der Chefetage finden", ergänzte die Beamtin lakonisch.
„Was soll das? Das ist doch Quatsch. Die kennen Laura Köster doch überhaupt nicht."
„Ach, wir werden schon ins Gespräch kommen, Herr Zachert. Machen Sie sich darüber mal keine Sorgen. Und dann gehen wir noch davon aus, dass Laura Köster von Ihnen in Zukunft nicht mehr behelligt wird. Haben wir uns verstanden? Guten Tag. Komm, Kai, wir gehen."

Stefan Zachert saß mit offenem Mund und staunenden Augen auf seinem Platz, als der Besuch von der Kripo sein Büro verließ. Seine Bürohilfe hatte das Gespräch durch die offene Bürotür neugierig mitverfolgt. Mareike senkte den Blick auf ihre PC-Tastatur, als die Kripo an ihr vorbei ging.

„Donnerwetter", bemerke Kai anerkennend, als er mit seiner Kollegin wieder im Auto saß „dem hast du es aber gegeben. Glaubst du, dass er Laura nun in Ruhe lässt?"
Martina rümpfte die Nase. „Das kann man so nicht sagen. In einigen Fällen reicht so eine Ansage, in vielen anderen leider nicht."
„Sag' mal", sagte Kai Gellert zögerlich, „sag' mal, warum hast du das Gespräch übernommen? Ich war doch auch ganz gut in Fahrt, findest du nicht?"
„Ich finde, du warst von vornherein auf Kollision aus. Mann, wie du vorhin bei der Frau den Kripo-Macho rausgekehrt hast, das kann nur zu Konflikten führen. Daran musst du arbeiten, Kai."

*

„Wo sind denn unsere beiden Häuptlinge?" wollte Martina Bell nach der Rückkehr in das Kommissariat von Claudia wissen, die gerade dabei war, etliche Vernehmungsaufnahmen aus den Aufnahmegeräten in den entsprechenden Falldateien auf einer Festplatte abzuspeichern. Eine eher eintönige, aber wichtige Aufgabe, zu der Claudia Kaufmann von ihrem Chef vor einiger Zeit eingeteilt worden war. Zuvor hatte jeder Sachbearbeiter seine Vernehmungsaufnahmen nach Abschrift selber mehr schlecht als recht verwaltet. Doch als der mittlerweile beim LKA tätige Sachbearbeiter Gerrit Nielsen in einem Aufsehen erregenden Mordprozess die Tonaufnahme eines ganz wichtigen Zeugen nicht vorweisen konnte, da wäre der Prozess fast geplatzt, weil die Archivierung in der

Strafprozessordnung so vorgeschrieben war. Ein Raunen ging durch sämtliche Ermittlerreihen in Schleswig-Holstein, als die Aufbewahrung und Archivierung sämtlicher Vernehmungsaufnahmen landesweit angemahnt wurde, und Claudia Kaufmann hatte ihre zusätzliche Aufgabe erhalten. Ohnehin war sie in dem EDV-Bereich für das 1. K immer wichtiger geworden, ihre vor über zwanzig Jahren ursprüngliche Arbeit, das Schreiben von Live-Vernehmungen und diktierten Ermittlerberichten, war dadurch weit in den Hintergrund gefallen. Dennoch wäre sie gerne auch mal wieder unterwegs dabei, doch das kam leider wegen der EDV-Last ihrer Aufgaben immer seltener vor. Entsprechend mürrisch schaute sie drein, als sie Martina antwortete. „Ach, da ist so ein merkwürdiger Todesfall in Flethstedt gemeldet worden. Christian und Lukas sind hin, um zu sehen, ob es sich um einen Fall für uns handelt."
„Was ist das für ein Fall?" Kai Gellert war neugierig und als Neuling im 1. K sehr aufgeregt, wenn eine Meldung kam, die einen Einsatz der Mordkommission nach sich ziehen könnte. Er drängelte. „Na, Claudia, erzähl' schon. Vielleicht müssen wir auch los."
Claudia Kaufmann hatte im Laufe der Jahre wie ihr K-Leiter auch gelernt, dass nichts so heiß gegessen wie gekocht wurde. Aber sie wollte Kai und auch Martina nicht weiter auf die Folter spannen. „In ihrem Haus ist ein älteres Ehepaar tot aufgefunden worden. Der Mann lag im Ehebett, seine Frau auf dem Sofa im Wohnzimmer. Nachbarn waren aufmerksam geworden, weil die Zeitungen und die Post seit drei Tagen nicht aus dem Briefkasten am Gartenzaun genommen wurden. Sie haben letztlich die Polizei gerufen. Eigentlich sieht alles nach einer Gasvergiftung aus, denn die Abgasvorrichtung der Gastherme war außen mit einem Vogelnest verstopft."

„Und? Warum könnte das ein Fall für uns sein?", fragte Martina. „Das ist doch eher ein tragischer Unglücksfall und kein Mord."

„Könnte man meinen. Aber bei der Besichtigung der Toten gab es eine Überraschung. Die Frau sah so aus, als wäre sie gerade gestorben und die Rettungskräfte waren drauf und dran, Reanimierungsmaßnahmen einzuleiten. Der Körper ihres Mannes dagegen war schon stark aufgedunsen und bereits deutlich in Verwesung übergegangen."

„Die beiden lagen in verschiedenen Räumen, da werden sicher die Temperaturen sehr unterschiedlich gewesen sein", meldete sich Kai zu Wort. Er hatte erst vor wenigen Wochen seinen Todesermittlungslehrgang für Mordermittler in der Polizeischule Kiebitzhörn absolviert. Seine Worte klangen fachkundig, und so fühlte er sich auch.

„Im Wohnzimmer war es bestimmt sehr kühl und im Schlafzimmer dafür bullerheiß."

„Das ist es ja. So war es nicht", berichtete Claudia. „Beide Räume sind miteinander verbunden, die Türen standen offen und die Temperaturen sollen nahezu gleich gewesen sein."

„Oh, dann stimmt da was nicht", meinte Kai nun und zog seine Unterlippe nach oben, was er immer tat, wenn er ratlos war.

„Und deshalb sind Lukas und Christian hin. Aber sie melden sich, wenn ihr nachkommen sollt." Claudia wechselte das Thema. „Und, habt ihr's dem Ex von Laura Köster gegeben?"

„Das wissen wir jetzt noch nicht", gab Martina zur Antwort, „aber geschmeckt hat ihm unser Besuch ganz und gar nicht. Danach sind wir noch schnell bei seinen Eltern vorbei, damit genug Druck bei Zachert im Kessel ist. Wir haben sie in ihrem Feinkostladen angetroffen. Natürlich, wie sollte es auch anders sein, stehen sie auf der Seite ihres Sohnes. Unser Stefan macht sowas nicht, meinte die liebe Mama.

Kurz vor fünf kamen Christian und Lukas aus Flethstedt zurück und fanden die drei weiteren Mitarbeiter des 1. K bei einer Tasse Kaffee im Besprechungsraum. Es war Kai Gellert, der sofort nachfragte. „Na, ist das ein Fall für uns? Müssen wir los?"
Christian schnaufte im Gegensatz zu dem trainierten Lukas Grote. Beide waren zügig die Treppe in das im ersten Stock gelegene 1. K gelaufen. Daher wartete der K-Leiter einige Momente mit der Antwort, was den ungeduldigen Kai nervte. Er spekulierte ganz offen über den Fall. „Wenn die Eheleute zu unterschiedlichen Zeiten gestorben sind, dann könnte die Frau zunächst ihren Mann und viel, viel später sich selbst umgebracht haben."
Landau wunderte sich nicht über die blühende Phantasie seines jüngsten Mitarbeiters, zeigte sie doch, dass Kommissar Gellert mit vollem Eifer die bekannten Informationen aufnahm und realistische Geschehensabläufe konstruierte. So war es Landau als jungem Ermittler in der Mordkommission ebenfalls ergangen, erst mit der Zeit erfuhr Landau im wahrsten Sinne des Wortes, das meistens nichts so war wie es erschien. Milde widersprach er. „Nein, es war ganz anders. Darauf soll man erst mal kommen." Er schnaufte immer noch ein wenig und deutete auf Lukas Grote. „Erzähl' du mal, denn du hast die wichtigsten Dinge bei dieser Geschichte erfahren."
Grote nahm sich einen Pott Kaffee und setzte sich an den Tisch. „Dr. Arndt von der Rechtsmedizin war mit vor Ort. Er hat keine Spuren von Gewalteinwirkung bei den Toten festgestellt. Alles weist auf Kohlenmonoxidvergiftung hin, was ja auch mit dem verstopften Abgasrohr der Gastherme zu erklären ist. Es gab auch keine Einbruchsspuren oder Hinweise auf Suizid. Das war ein Unglück."
Kai Gellert war mit der Antwort überhaupt nicht zufrieden. „Und wie kommt es zu den sehr unterschiedlichen Leichenerscheinungen?"

„Die Nachbarn erzählten, dass der Ehemann seit Tagen eine heftige Grippe hatte, hohes Fieber und so. Deshalb hat er im Bett gelegen. Dr. Arndt sagte, dass daher im Körper des Mannes ein höheres Bakterienaufkommen die Zersetzung beschleunigen kann. In der Konstellation dieses Unglücks in Flethstedt birgt sowas natürlich genug Anlass, einen ganz anderen Hergang, eben ein Verbrechen, zu vermuten. Aber es ist und bleibt ein Unfall. Tragisch, aber nicht mehr zu ändern."

3.
Laura Köster lebte langsam auf. Von Stefan hörte und sah sie nichts mehr. Der Besuch bei der Kripo war dann doch richtig gewesen, fand sie jetzt. In den ersten Tagen nach ihrem Gespräch mit Martina Bell war ihr sehr mulmig. Sie zweifelte, ob sie damit die ganze Situation nicht verschärft und Stefan noch ein Tick bösartiger gemacht hatte. Ihr Telefon klingelte in diesen ersten Tagen häufig nachts, ohne dass sie ein Gespräch angenommen hatte. Auf den Anrufbeantworter, der sich regelmäßig nach fünfmaligem Klingeln einschaltete, war nicht ein einziges Mal eine Nachricht hinterlassen worden. Auch ihr Handy war zu unterschiedlichen Uhrzeiten von einer unbekannten Nummer angerufen worden. Ihren Eltern erzählte Laura nichts von diesen Störungen. Ihr war es unangenehm, wenn sie sich ihretwegen Sorgen machten. Die nächtlichen Störungen ließen dann aber nach, alles ebbte ab und jetzt, vier Wochen später war Laura davon überzeugt, dass das Kapitel ‚Stefan Zachert' wahrscheinlich zu Ende war. Sie hatte auch über drei Ecken gehört, dass ihr Ex sich eine möblierte Wohnung am Klosterplatz, praktischerweise unmittelbar in der Nähe zu seinem Versicherungsbüro, gemietet hatte. Der Luxusbau gehörte der Elmshorner Versicherung, eine bessere Rendite als das sogenannte Betongold in bester Lage gab es auch für die Versicherung zurzeit nicht. Laura wusste, dass dort sehr hohe Mieten

angesagt waren, denn sämtliche Appartements hatten einen wunderbaren Blick auf den Klosterpark. Aber Laura war es nun egal, ob Stefan sich das teure Wohnen leisten konnte oder auch nicht. Früher wäre es anders gewesen. Da wollte man sich ja noch gemeinsam etwas aufbauen. In einigen Jahren wäre der Kauf eines Hauses draußen in der Neubausiedlung Richtung Bansdorf der nächste Schritt gewesen. Dafür hatten Stefan und auch Laura schon fleißig gespart. Merkwürdig fand Laura, dass Stefan noch nicht nach dem Geld gefragt hatte. Auch die gemeinsam angeschafften Möbel von Ikea waren bisher nicht zum Thema geworden. Stefan war einfach ausgeblendet und so sollte es nach Lauras Vorstellung auch bleiben.

Gemeinsam mit ihrer Chefin saß sie an diesem warmen Juniabend auf der Terrasse des Restaurants ‚Zum Abt'. Die Wirtin Danuta hatte einen leckeren Salat mit Hähnchenbruststreifen gebracht, dazu genossen die beiden Frauen einen leichten Sommerwein. Sie waren gut gelaunt. Tagsüber waren sehr angenehme Kunden im Geschäft gewesen. Einer gleich dreimal, und es war unübersehbar, dass dieser gut aussehende junge Mann sich nicht unbedingt für die von ihm intensiv begutachteten Reiseführer über Island interessierte, sondern mehr für Laura Köster.
„Das war ja ein Netter heute", meinte Maike Albers abends beim Essen. „Was meinst du?" Dabei schaute sie zwinkernd auf ihre Kollegin.
„Naja, gut aussehen tut er ja, benehmen kann er sich und schicke Klamotten trägt er. Ich finde ihn auch nett. Sonst hätte ich ja nicht so viel mit ihm geplaudert." Eine leichte Röte war nun in Lauras Gesicht zu erkennen. „Er ist erst seit kurzem hier in Klosterhausen."
„Hat er gesagt, was er macht?"
„Ja, er ist neu als Redakteur beim Klosterhausener Tageblatt."

„Interessant", fand Maike. „Dann kennt er bald Land und Leute."
Laura merkte, dass ihr der Gedanke an den Mann vom Tageblatt gut tat. Gern würde sie ihn wiedersehen, sehr gern. Doch plötzlich war wieder alles anders. Sie entdeckte einen Mann im Restaurant direkt am Fenster zur Terrasse. Der Mann starrte sie mit seinen kalten Augen an, rührte sich nicht. Es war Stefan Zachert, der sich jetzt ganz in ihrer Nähe befand, getrennt nur durch das Restaurantfenster.
„Komm, lass uns aufbrechen", drängelte Laura mit wahrnehmbarer Angst in ihrer Stimme. „Danuta, wir möchten zahlen."
„Warum? Ist doch schön hier." Maike hatte Stefan noch nicht bemerkt. „Ich muss hier weg", antwortete Laura mit zittrigen Worten. „Er ist im Lokal. Ich muss hier raus!" Mit diesen Worten sprang Laura von ihrem Platz auf und stürzte über die Terrasse seitlich am ‚Abt' vorbei zum dortigen Parkplatz. Zacherts schwarzer Opel Mokka stand so dicht links neben Lauras weißen Polo, dass sie durch die Beifahrertür einsteigen musste. Als sie endlich am Steuer ihres Wagens saß, verriegelte sie unverzüglich die Autotüren, umfasste mit beiden Händen das Lenkrad und schloss beide Augen. Es konnte kein Zufall sein, dass Stefan im ‚Abt' aufkreuzte, weil er dort so gut wie nie verkehrt hatte. Stefan mochte angeblich die Wirtin Danuta nicht, weil sie ihren armen Ehemann rausgeschmissen hatte. Nein, das war kein Zufall, wusste Laura sicher. Stefan hatte sein perfides Spiel noch nicht beendet, befürchtete sie.
Laura zuckte zusammen, als es laut gegen die Beifahrerscheibe klopfte. „Laura, mach auf, ich will mitfahren", rief Maike Albers, die noch schnell bei Danuta bezahlt hatte, um sich dann um Laura zu kümmern. Auch Maike war vom plötzlichen Auftauchen Stefans sehr überrascht, doch sie wollte die Sache nicht hochspielen. Als sie endlich in den Polo einsteigen konnte, sagte sie: „Das ist ja ein Ding."

„Was soll ich nur tun?" jammerte Laura. „Ich dachte, der lässt mich endlich in Ruhe, aber das kann ich mir wohl abschminken."

Maike streichelte Laura tröstend über die Wange. „Ich wünschte, er hält sich zurück. In den letzten Wochen konnte er es doch auch."

„Dachte ich auch, aber es ist nicht vorbei, Maike, der gibt keine Ruhe." Laura war genauso aufgewühlt wie am Tag der Trennung. Deshalb begleitete Maike sie bis zur Wohnung. „Stell' dein Telefon und die Haustürklingel ab", riet sie, als sie sich von Laura verabschiedete.

Laura träumte in der Nacht. Es war ein immer wiederkehrender Traum, den sie vor einigen Wochen schon mehrfach geträumt hatte.

Sie versucht vergeblich, eine große Tür zu schließen. Mit aller Kraft drückt sie zu, aber die Tür fällt nicht ins Schloss. Sie spürt einen Gegendruck, und die Tür öffnet sich einen Spalt. Durch diesen Spalt dringt etwas ein, was ihr Angst macht. Sie kann nicht ausmachen, was sie so ängstigt, aber sie kann sich nicht dagegen wehren. Erneut drückt sie, um die Tür zu schließen.

Dann schreckte Laura hoch, war hellwach. Irgendetwas war auf der Terrasse. Sie schlich ins Wohnzimmer, sah hinaus. Nichts. Nur der prächtige Strandkorb, den Laura zum Einzug von ihren Eltern geschenkt bekommen hatte, stand dort mit Sitzrichtung Terrassentür.

War es wieder der riesige getigerte Kater aus der Nachbarschaft, der sich seit dem Frühling immer mal wieder nachts im und am Strandkorb breitmachte? Laura öffnete die Tür und ging hinaus. Ein kleines Stück nur, um hinter den Strandkorb schauen zu können. An der Seite des Gartenmöbels entdeckte sie einen Zettel mit einer Notiz. Laura nahm den Zettel und fuhr zusammen, als sie die Handschrift erkannte. Es war Stefans Schrift. Sie kannte

seine Schrift genau. „Nichts ist vorbei, warte nur!", war die Notiz.
Kurz darauf hörte sie ganz in der Nähe ein Fahrzeug starten. Mit durchdrehenden Reifen und entsprechend quietschenden Geräuschen entfernte es sich sehr schnell.

*

„Er war wieder da", berichtete sie aufgeregt gleich am nächsten Morgen in einem Telefongespräch mit Martina Bell und erzählte vom Vorabend und der Nacht.
„Das ist nicht normal. Ich dachte, er hätte sich beruhigt." Martina war nicht begeistert von der Nachricht und überlegte die nächsten Schritte. „Eine Strafanzeige hat ihn bisher nicht lange davon abgehalten, dich weiter zu belästigen. Ich werde den Druck erhöhen müssen."
„Und was heißt das?" Laura fragte ängstlich. Sie befürchtete, dass Stefan überreagieren und alles noch viel schlimmer werden könnte.
„Er muss die Konsequenzen spüren, sonst macht er immer weiter und du kommst nie zur Ruhe", entgegnete Martina bestimmt.

Noch am Vormittag war die Oberkommissarin unterwegs. Christian Landau begleitete sie, um auf dem Weg noch kurz beim Klosterhausener Tageblatt vorbeizuschauen. Ein neuer Redakteur nervte seit drei Tagen mit angeblichen Hintergrunderkenntnissen zum Flethstedter Gasunglück vor einigen Wochen, bei dem das ältere Ehepaar ums Leben gekommen war. Martina sollte miterleben, wie Landau den Zeitungsmann zur Vernunft bringen wollte. Das gelang sehr schnell und nachhaltig, weil er ihn in Gegenwart seines Chefredakteurs bloßstellte. „Machen Sie es doch ein wenig wie wir bei der Polizei und prüfen Sie die Fakten intensiv, bevor Sie damit hausieren gehen. Dann ist das Ganze weniger peinlich", ranzte er den verblüfften Redakteur an, als dieser wieder nur vom Hörensagen etwas darüber schwadronieren wollte, dass der Gasunfall in Wahrheit ein perfektes Verbrechen gewesen sei.

Bei den Plänen von Martina befürchtete Landau Ungemach für seine Mitarbeiterin, weil sie den Vorgesetzten von Stefan Zachert aufsuchen wollte. „Du weißt schon, dass wir über laufende Ermittlungsverfahren keine Informationen an Dritte geben dürfen?" fragte er mit warnendem Unterton auf der Fahrt zum Hauptsitz der Elmshorner Versicherung und freute sich innerlich, als er die sehr kluge Antwort seiner Kollegin hörte. „Das ist mir schon klar, aber bei Zeugenbefragungen ist es rechtlich geboten, dem Zeugen auch den Grund dafür zu benennen."

Die Elmshorner Versicherung ist ein über die Landesgrenzen hinaus tätiger Konzern, der sämtliche Assekuranzfälle des täglichen Lebens abdeckt und sich seit mehreren Jahrzehnten erfolgreich am deutschen Markt mit steigender Tendenz behauptet. Nicht nur die wirtschaftlichen Erfolge sind für die Elmshorner, wie sie kurz von den Kunden genannt wird, positiv zu beurteilen, sondern auch das gesellschaftliche Engagement insbesondere für diejenigen, die durch tragische Unglücke oder schlimme Verbrechen die Kehrseite des Lebens erfahren mussten, macht den Konzern in der Öffentlichkeit sehr beliebt.

Genau diesen Gedanken hatte Martina Bell im Hinterkopf, als sie mit ihrem Chef das große, moderne Bürohaus im Elmshorner Gewerbegebiet Grauer Esel unweit der A7-Autobahnauffahrt betrat. Sie hatte sich vorher telefonisch angemeldet und darum gebeten, den für den Bezirk Klosterhausen zuständigen Gebietsdirektor zu sprechen. Martina war überrascht, als die nette freundliche Dame in der Zentrale ganz verbindlich zusagte, dass der zuständige Direktor Bert Cramer sie an diesem Tag noch empfangen könne. Sie wunderte sich, dass die Dame gar nicht den Grund des Besuches nachgefragt hatte und erklärte es sich damit, dass der Hinweis auf die Kriminalpolizei auch heute noch eine Art ‚Türöffner' sein müsse.

Martina erkannte die freundliche Dame sofort an der Stimme, als sie sich und Christian am Empfang vorstellte.

„Moment, Herr Cramer kommt sofort und holt Sie hier ab." Die Frau am Empfang war wirklich sehr zuvorkommend, fand Martina.

Genauso freundlich wirkte Herr Cramer. Der schlanke Enddreißiger in moderner Jeans, blauem Hemd, blauer Krawatte und dunkelblauem Sakko erschien nach wenigen Augenblicken und forderte die beiden Beamten auf, ihm in sein Büro am hinteren Ende des hellen Flures rechts vom Empfang zu folgen.

„Darf ich Ihnen etwas zu trinken anbieten? Wasser? Kaffee?" fragte er höflich, während er seinem Besuch in seiner ledernen Sitzgruppe einen Platz anbot.

„Nein, danke, Herr Cramer. Wir wollen Sie auch gar nicht lange stören", lehnte Martina das Angebot ab.

„Worum geht's denn?", kam Bert Cramer zur Sache und nestelte dabei an dem dunklen Rahmen seiner modernen Brille.

„Es geht um Ihren Mitarbeiter Stefan Zachert", begann Martina und gab zunächst keine weiteren Informationen.

„Ja, Herr Stefan Zachert ist ein sehr guter Leiter für den Bezirk Klosterhausen und dort zu unserer vollsten Zufriedenheit tätig." Cramer zögerte einen Augenblick, so, als wolle er weitere Einzelheiten von der Beamtin hören. Die sah ihn jedoch fragend an, deshalb wandte Cramer seinen Blick Christian Landau zu, der das Gespräch lediglich interessiert verfolgte und überhaupt nicht signalisierte, etwas zu sagen. Landau war gespannt, wie Martina es schaffen wollte, mit möglichst wenig Eigeninformation so viel wie möglich zu erfahren. Bert Cramer wiederholte seine Beurteilung. „Er ist ein sehr erfolgreicher Bezirksleiter. Ich kenne ihn persönlich. Wir

spielen manchmal zusammen in unserer sehr guten Konzernfußballmannschaft. Er ist auch ein toller Kollege."
„Sie kennen sich also auch privat", stellte Martina fest.
„Ja, kann man so sagen. Wir sind nicht befreundet, wenn Sie das meinen. Ich bin schließlich auch sein Vorgesetzter. Aber worauf wollen Sie hinaus?"
Nun musste Martina mehr erzählen. „Das ist gut, wenn Sie ihn persönlich kennen, das könnte uns weiterhelfen. Es ist nämlich so, dass Herr Zachert beschuldigt wird, seiner ehemaligen Lebensgefährtin nachzustellen. Die beiden haben sich getrennt und Stefan Zachert benimmt sich seither auffällig."
„Herr Zachert hat sich getrennt? Das ist mir neu. Er hat vor kurzer Zeit eines unserer Appartements in Klosterhausen gemietet. Aber dass er getrennt ist, davon habe ich nichts gehört. Ich dachte, er wohnt mit seiner Freundin dort. Erst in der letzten Woche saßen wir nach dem Fußballtraining noch zusammen auf ein Bier, und Herr Zachert erzählte, dass er in diesem Jahr mit seiner Freundin nach Irland in den Urlaub fahren wollte. Mit Fahrrad, bed and breakfast und so. Das ist ja ein Ding. Die sind auseinander….". Bert Cramer schüttelte seinen Kopf und schaute dann die Kripobeamtin nachdenklich an. „Was heißt das? Was meinen Sie mit Nachstellen?"
„Na, er lässt seine Ex-Partnerin nicht in Ruhe, er hat sie schon geschlagen, ruft mitten in der Nacht bei ihr an, beobachtet sie heimlich oder bedroht sie in ganz subtiler Art und Weise. Das Ganze nennt sich ‚Stalking' und ist eine Straftat. Deshalb sind wir hier bei Ihnen. Wir haben ihn angesprochen, aber er ändert sein Verhalten nicht. Er weiß, dass wir nun in seinem Umfeld nachfragen."
„Aha, verstehe, verstehe", räusperte sich Cramer und gab dem Gespräch nun eine andere Richtung. „Stefan Zachert ist ein Pfundskerl. So etwas traue ich ihm eigentlich überhaupt nicht zu. Wer sagt denn, dass seine Ex sich die Geschichten nicht ausgedacht hat? Vielleicht kann sie es

einfach nicht vertragen, dass beide nicht mehr zusammen sind. Haben Sie an sowas gedacht?"
Martina wurde förmlicher, ihr Gesicht und ihre Stimme zeigten Härte. „Solche Überlegungen sind das tägliche Brot bei unserer Arbeit. Wir sind uns der Verantwortung sehr bewusst, wenn wir jemanden beschuldigen müssen. Wenn wir gegen jemanden ermitteln, dann haben wir sorgfältige Prüfungen anzulegen, bevor wir das tun. Aus unserem heutigen Gespräch nehmen wir mit, dass der Beschuldigte offensichtlich sein Umfeld über seine Beziehung zur Geschädigten täuscht, indem er so tut, als sei die Beziehung noch intakt. Das ist sehr aufschlussreich, Herr Cramer, und es macht uns Sorgen."
Bert Cramer war sichtbar unsicher geworden, fasste an sein rechtes Ohrläppchen, räusperte sich und hörte sich dann an, was die Kriminalbeamtin ihm nun in aller Deutlichkeit zu sagen hatte.
„Ja, es macht uns Sorgen, dass Herr Zachert mit seinem Treiben weitermacht. Aber ich hoffe doch, dass Sie als sein unmittelbarer Vorgesetzter in der Führungsriege eines großen und bedeutenden Versicherungskonzerns, der sich gesellschaftlich sehr für die Belange auch von Menschen einsetzt, die durch Straftaten geschädigt werden, mäßigend auf Ihren Mitarbeiter einwirken werden. Vielen Dank für dieses Gespräch, Herr Cramer."
Während Martina Bell sich nach dieser Ansage von ihrem Platz erhob und mit einer Handbewegung Christian Landau signalisierte, es ihr gleich zu tun, behielt sie Cramer mit sturem Blick im Auge. Der saß mit verstörtem Gesichtsausdruck auf seinem Platz und reagierte nicht, als sich die Kripo verabschiedete und das Büro verließ.
„Oha, das hat richtig gesessen", meinte Christian Landau auf dem Weg zum Dienstwagen anerkennend. „Es kann nun aber passieren, dass da etwas nachkommt."

„Solche Typen wie Cramer müssen das mal haben", sagte Martina schnaubend. Es war ihr anzumerken, dass sie sehr wütend auf den Direktor der Elmshorner Versicherung war.

*

„Ich bring' die Einnahmen noch zur Sparkasse und fahre dann nach Hause", verabschiedete sich Maike Albers kurz vor Geschäftsschluss von ihrer Kollegin, die noch die Tagesbestellungen an die Lieferanten mailen wollte. Laura saß am Computer hinter dem Verkaufstresen und blickte konzentriert auf den Bildschirm. Sie bemerkte gar nicht, dass jemand den Buchladen betrat und sie beobachtete. Laura erschrak, als sich der Mann räusperte und strahlte, weil sie ihn erkannte. „Ich hab' dich gar nicht reinkommen hören", sagte sie und stotterte: „Oh, habe ich eben ‚du' gesagt?".
„Macht nichts, lass uns dabei bleiben. Ich bin Hendrik Deylen", entgegnete der junge Mann, den sie am Vortag schon so sympathisch fand. „Okay, ich heiße Laura. Laura Köster." Beide sagten in den folgenden Momenten gar nichts, schauten sich nur freundlich an. Sie mochte ihn leiden, das spürte sie. Sein athletischer Körper in stattlicher Größe, sein dunkelblondes, volles Haar, seine grau-blauen, lachenden Augen, die schmale Nase und das interessante Grübchen am Kinn – sehr sympathisch. Seine lässige Kleidung, das blaue Leinensakko, die Five Pocket Jeans und die hellen Baumwollsneaker passten gut zu ihm. Laura durchbrach die angenehme Stille: „Was treibt dich hierher, Hendrik?" Auch den Namen mochte sie.
„Soll ich ehrlich antworten?" Hendrik Deylen machte eine rhetorische Pause und sah, dass Laura nickte. „Ich fand es gestern so nett bei dir. Deshalb bin ich hier."
„Aha, dachte ich mir doch", bemerkte Laura neckisch.
„Gleich habe ich Feierabend, lass uns doch beim Italiener zusammen ein Eis essen, einverstanden?

Es wurden zwei sehr schöne Stunden für Laura und Hendrik. Köstliches Eis bei ‚Bruno Gelato', Bummeln durch den Klosterpark und viele angenehme Worte von beiden.

„Ich muss noch einmal in die Redaktion", sagte Hendrik, als sich beide um kurz vor acht Uhr vor dem Buchladen voneinander verabschiedeten. Sie wollten sich demnächst wieder treffen.

Gut gelaunt und mit dem angenehmen Gefühl, dass sich die Bekanntschaft mit Hendrik positiv entwickeln könnte, ging Laura auf den Hofplatz hinter dem Buchgeschäft. Dort parkte sie ihren Polo.

Die schöne Stimmung war unverzüglich dahin, als sie sah, wer dort auf der Kühlerhaube ihres Kleinwagens saß. Laura war sich nicht schlüssig, ob sie nicht einfach umdrehen und flüchten sollte. Aber sie wollte nicht kneifen, brachte all ihren Mut auf und ging auf Stefan zu. „Verschwinde von meinem Auto", rief sie mit kräftiger Stimme und merkte dabei, wie zittrig ihr die Worte über die Lippen kamen.

Stefan war von der Aufforderung wenig beeindruckt. Ernst sah er seine Ex-Freundin an, die ungefähr zwei Meter von ihm entfernt stehen geblieben war. „Warum willst du mich fertig machen?", grollte er bedrohlich. Dann besänftigend weiter: „Ich hab' dir doch nichts getan. Können wir nicht noch einmal darüber reden? Bitte!"

Laura wusste aus den Gesprächen mit Maike und Martina, dass es überhaupt nichts bringen würde, wenn sie sich auf einen solchen Vorschlag einließe. Dennoch ging sie auf Stefans Worte ein, allerdings mit einem Inhalt, der Stefan nicht gefallen konnte.

„Was du mir angetan hast, das wissen wir beide sehr gut. Darüber gibt es nichts mehr zu reden. Es ist vorbei. Schluss! Aus! Ende!" Um sich und ihren Worten mehr Druck zu verleihen, stapfte Laura mit dem rechten Fuß auf und hob abwehrend beide Hände etwas hoch.

„Vorbei? Nein, Laura, es ist nicht zu Ende, glaub' mir", flüsterte Stefan und machte Anstalten, im nächsten Augenblick auf Laura loszuspringen. „Deine Bullenfreunde waren bei meinem Chef und haben Lügengeschichten über mich erzählt. Ich lass mich von dir und deinen Bullenfreunden nicht fertigmachen. Ich nicht!"

Laura wich einen Schritt zurück: „Davon weiß ich nichts. Was hat das Ganze denn mit deinem Chef zu tun?"

Mit dieser Frage nahm sie ein wenig Dampf aus dem Kessel, denn Stefan entspannte sich. „Da siehst du mal, was du angezettelt hast!"

Laura verstand die Welt nicht mehr. „Ich habe überhaupt nichts angezettelt. Du bist derjenige, der mich nicht in Ruhe lässt, weil du einfach nicht kapierst, dass es aus ist mit uns beiden. Du hast mich geschlagen, du, und niemand sonst." Mit diesen Angriffen fühlte sie sich nun stärker und ging auf Stefan zu. In der rechten hielt sie nun ihr Handy und versuchte einen Bluff. „Ein Tastendruck, und die Polizei ist sofort hier. Hast du verstanden? Also verschwinde von meinem Auto, aber sofort. Ich ruf' die Polizei, glaub' mir!"

Stefan fühlte sich in die Enge getrieben. Das Gespräch mit Bert Cramer, seinem Chef in der Elmshorner Versicherung, war für ihn ohne Vorankündigung gekommen. Direktor Cramer, von dem Stefan Zachert überzeugt war, dass dieser ihm freundschaftlich verbunden sei, hatte dem Bezirksleiter Klosterhausen gleich am Nachmittag eiskalt einen heftigen Einlauf verpasst. „Wenn ich noch ein einziges Mal eine Negativmeldung von der Polizei über Sie höre, dann werden wir Ihren Posten in Klosterhausen neu besetzen. In der Elmshorner Versicherung ist dann kein Platz mehr für Sie."

Diese Worte hallten nach bei Zachert. Sie bremsten ihn, seine Wut weiter an Laura auszulassen. Er lenkte ein.

„Okay, ich gehe. Aber glaub' ja nicht, das du so davon kommst. Du wirst von mir hören. Denk' dran. Immer!" Ganz langsam rutschte er von der Motorhaube des Polo und verzog sich vom Hofplatz. Kurz darauf startete auf der Straße ein Auto. Es fuhr auffällig hochtourig an, die Reifen drehten durch und das Fahrgeräusch wurde mit zunehmender Entfernung leiser.

Laura Köster bemerkte, dass sie am gesamten Körper zitterte. Es dauerte eine Weile, bis sie endlich nach Hause fahren konnte. Während der Fahrt fand sie es äußerst merkwürdig, dass sich ein Ölfilm über die Windschutzscheibe ihres Kleinwagens ausbreitete. Er wurde größer, als sie versuchte, ihre Sicht durch Betätigen der Scheibenwaschanlage zu verbessern. Das Gegenteil war der Fall. Laura musste nahezu im Schritttempo durch die Stadt fahren. Sie traute sich noch nicht nach Hause. Sie fuhr zu ihren Eltern und erzählte niedergeschlagen von der unerfreulichen Begegnung mit Stefan.

4.
„Es hat nichts gebracht. Im Gegenteil. Zachert ist wieder bei ihr aufgetaucht", wusste Martina Bell am nächsten Vormittag in der Frühbesprechung zu berichten. Sie schilderte auch Lauras Vermutung, dass Stefan die Windschutzscheibe mit Öl verschmutzt haben dürfte. Christian Landau machte ein sorgenvolles Gesicht.
„Mist, dann macht der Typ auch noch mehr. Das ist nicht ohne. Am besten, Frau Köster erwirkt einen richterlichen Beschluss, dass Stefan Zachert sich ihr in Zukunft nicht mehr nähern und auch keinen Kontakt aufnehmen darf."
„Das werde ich ihr sagen, aber glaubst du, dass Zachert sich davon abhalten lässt? Er riskiert doch jetzt schon eine ganze Menge." Martina zeigte sich skeptisch und die übrigen Mitarbeiter im 1. K ebenso.
Lukas Grote, von allen ‚der Genaue' genannt, weil er sehr pedantisch Fakten sammelte, ehe er sich zu einem Urteil durchringen konnte, befasste sich mit der rechtlichen Seite.
„Christian, was du eben gerade vorgeschlagen hast, das ist die zivilrechtliche Seite. Frau Köster muss dafür beim

Amtsgericht einen solchen Beschluss erwirken. Parallel dazu sind jedoch strafrechtliche Schritte zu unternehmen."

Landaus Gesicht war nun noch ernster. „Für diese Dinge sind wir von der Mordkommission aber nicht zuständig. Das ist leider so."

Nun schaltete Jungkommissar Kai Gellert sich ein. „Aber wir haben doch schon angefangen. Und aktuelle Fälle liegen heute auch nicht an, da könnten wir doch…"

„Weißt du, wie lange so eine Stalking-Geschichte laufen kann?", unterbrach Landau den Jüngsten im Team. „Das kann über Monate gehen. Und wir würden uns damit personell ganz schön binden."

„Ja, das stimmt", fand Claudia Kaufmann und wurde kritischer. „Ich denke oft an die tragische Sache mit der Lehrerin in Bansdorf zurück und frage mich, ob wir vielleicht den Mord hätten verhindern können, wenn wir früher eingeschaltet gewesen wären."

Landau war irritiert. Diesen Gedanken hatte er auch gehabt. Damals vor zwei Jahren, als der Mord dann geschehen war. Er hatte ihn verdrängt. Aber jetzt hatte Claudia ihn wieder hervorgeholt. „Okay", sagte er, „wir kümmern uns um diese Sache hier so gut wir das können."

*

Telefonisch war Laura Köster seit Wochen nicht mehr belästigt worden, weder auf ihrem Festnetz, noch auf ihrem Handy. Das war jetzt wieder anders. Noch in der Nacht nach dem Treffen auf dem Parkplatz läuteten ihr Telefon zu Hause und ihr Handy mehrfach im Wechsel. Auch am Tag im Buchladen nervte der Klingelton so häufig, dass Laura ihr Handy ausstellte.

„Stefan ist voll auf der Zinne, weil die Kripo bei seinem Chef vorgesprochen hat", erzählte sie an ihrem Arbeitsplatz. Sie zeigte sich nicht besonders überzeugt davon, dass diese Maßnahme günstig gewesen war.

Maike Albers beurteilte das anders. „Ein gewisser Druck schadet nicht, vielleicht besinnt er sich ja."
„Das sah gestern aber gar nicht danach aus", klagte Laura und sah ihre Chefin verzweifelt an. „Was soll ich nur tun? Jetzt ist er wieder auf hundertachtzig. Wer weiß, was der noch vorhat."

Die folgenden Tage brachten für Laura keine Ruhe. Es war wie verhext, aber sie empfand es so, als sei die Ansprache der Kripo bei Stefans Vorgesetzten der Auslöser für weitere Attacken seinerseits gegen sie. So sah sie seinen schwarzen Mokka tagsüber mehrfach auf dem Parkstreifen gegenüber der Buchhandlung. Stefan saß am Steuer und blickte stur auf das Geschäft.
Abends stand der Wagen neben ihrem Parkplatz in der Kantstraße 22. Stefan verließ das Auto nicht, als Laura ihren Polo abstellte. Er schaute sie nur an. Abends tauchte er urplötzlich auf dem Rasenstück vor Lauras Terrasse auf, starrte in ihre Wohnung, wartete bis sie auf ihn aufmerksam geworden war und verschwand anschließend, bevor die von ihr alarmierte Polizei in der Kantstraße erschien.
Dem Rat von Martina Bell folgend, hatte sie sich alle Begegnungen, Anrufe, Störungen und sonstige Merkwürdigkeiten notiert und war zu Rechtsanwalt Hubert Garrels gegangen, um zivilrechtliche Schritte einleiten zu lassen. Es dauerte noch zwei Tage. Dann war sie da, die gerichtliche Anordnung, dass Stefan Zachert sich seiner Ex-Freundin nicht weniger als fünfzig Meter nähern und auch sonst keinen Kontakt persönlich oder fernmündlich mit ihr aufnehmen durfte.
Laura hatte darüber hinaus ein zweites Handy angeschafft, die Nummer gab sie nur an die ganz wenigen ihr vertrauten Personen weiter. Den Festnetzanschluss zu Hause meldete sie ab.
Und tatsächlich, von dem Tag der Zustellung der richterlichen Entscheidung an änderte sich einiges. Stefan Zachert

beachtete die Anordnung. So sah es jedenfalls erst einmal aus.

5.
„Es ist nicht klar, ob Zachert nun endlich Ruhe gibt", meinte Martina Bell in der Wochenbesprechung acht Tage nach Zustellung der gerichtlichen Anordnung.
In der Besprechung wurden alle laufenden Fälle von den Mitarbeitern des Kommissariats dargestellt und gemeinsam entschieden, was noch zu tun war.
„Die letzte Zeit vor der Anordnung war ja sehr turbulent", ergänzte sie ihren Bericht. „Laura Köster ist fix und fertig davon."
Christian Landau war mit Martina Bell deshalb noch einmal bei Zachert vorstellig geworden und hatte ihn gewarnt. „Sie machen sich alles kaputt, was Sie sich in den letzten Jahren aufgebaut haben. Geben Sie endlich Ruhe und lassen Sie von Frau Köster ab."
Stefan Zachert hatte ihn nur frech angegrinst und eine abwertende Geste unterstrich seine Aussage: „Sie, Sie können mir gar nichts."
Die gerichtliche Anordnung war zu diesem Zeitpunkt noch nicht bei Zachert eingegangen.
„Ich denke, die Post vom Amtsgericht hat den Kerl zumindest nachdenklich gemacht", meinte Landau. „Hat er eigentlich auf die Vorladungen reagiert, die du ihm geschickt hast?" Wegen der Vielzahl der Vorkommnisse wurden beim 1. K gegen Stefan Zachert bereits einige Strafverfahren geführt. Es ging um den Vorwurf der Körperverletzung, der Bedrohung, des Hausfriedensbruchs, der Sachbeschädigung und nicht zuletzt der Nachstellung. In der Summe waren es Straftaten, die wegen der Häufigkeit und zeitlichen Abfolge eine sehr hohe kriminelle Energie bei Stefan Zachert dokumentierten.
„Nein, er hat überhaupt nicht reagiert. Zu den Vernehmungsterminen ist er nicht erschienen", antwortete

Martina. „Aber das ist sein gutes Recht, er muss ja nicht kommen."

Kai Gellert sorgte sich um Laura Köster. „Wie geht's denn mit ihr weiter? Du sagst, dass sie fix und fertig ist."

„Ja, Laura hat jetzt im Juni Urlaub. Sie will nach Angeln fahren. Ihre Cousine wohnt in Flensburg und hat dort ein kleines Ferienhaus."

„Ich hätte nicht gedacht, dass Laura angeln geht, das passt irgendwie gar nicht zu ihr", sagte Kai nachdenklich und wunderte sich, dass alle anderen im Raum schmunzelten.

„Man merkt, dass du aus dem Emsland stammst", grinste Martina den Youngster im Kommissariat an. Tatsächlich war Kai Gellert in Emden geboren, aufgewachsen und zur Schule gegangen. Den Ostfriesen in sich konnte Kai nie völlig verbergen. Nach seiner Ausbildung zum Kriminalkommissar beim Bundeskriminalamt wollte er so schnell wie möglich nach Norddeutschland zurück. In dem großen Polizeiapparat des BKA mit tausenden von Beamten fühlte sich der Mann aus dem Norden nicht wohl. Deshalb nahm er das erste Angebot eines Stellentausches an, und das verschlug ihn in das schleswig-holsteinische Klosterhausen. Gellert schaute irritiert um sich.

„Mann, Angeln ist das Land zwischen Flensburg, Schleswig und Kappeln an der Flensburger Förde. Dort hat Lauras Cousine ein Ferienhaus in Langballigau direkt an der Förde", erklärte Martina ihrem Kollegen.

„Und du willst beim Ostseeman mitmachen?" lästerte Lukas Grote, während Gellert noch irritierter dreinschaute.

„Was hat das denn damit zu tun?" brummelte er.

„Deine hundertachtzig Kilometer mit den Rennrad führen durch Langballig, und das ist ganz in der Nähe von L.A.", erläuterte Lukas.

„L.A.? Was heißt das denn nun?" Kai fühlte sich veräppelt.

„Das sagt man dort so für Langballigau. Aber am besten ist, du machst demnächst mal einige Trainingseinheiten dort. Die Landschaft ist nämlich nicht ganz ohne."

„Ich bin hier mindestens fünfmal die Woche am Trainieren", meinte Kai. „ Ich bin fit wie ein Turnschuh."
Lukas, der sich für die geplante Staffel wie ein Staffelchef fühlte, klärte seinen Mitstreiter weiter auf. „Angeln ist wunderschön, tolle Landschaft mit herrlichen Hügeln. Es geht dort immer bergauf und bergab. Das ist zwar was für die Augen, aber deine Beine werden dir wehtun. Glaub's mir, ohne Training dort hängst du ganz hinten."
„Und du als Läufer? Du hast dann die gleichen Probleme", fand Kai.
„Stimmt, deshalb laufe ich mindestens zweimal die Woche am Deich bei Brokdorf. Und zwar nicht unten am Katastrophenweg, sondern schön im Zick-Zack Deich rauf, Deich runter."
Kai schluckte. Verstört schaute er auf die Dritte seiner Staffel. Martina reagierte unbeeindruckt. „Ich geh' nur fast vier Kilometer baden, und zwar in der Binnenförde vor Glücksburg. Kein Problem für mich."
Der K-Leiter betrachtete die sportlichen Aktivitäten seiner Leute mit gemischten Gefühlen. Einerseits musste er sie als Vorgesetzter positiv betrachten, führten sie doch eindeutig dazu, dass ein sportlich trainierter Körper die manchmal schon extremen Belastungen polizeilicher Arbeit besser verkraften konnte. Andererseits sah Landau aber, dass durch übermäßiges Training die Verletzungsgefahr erhöht und somit der Mitarbeiter Gefahr lief, seine Arbeit nicht erledigen zu können. Allein Lukas Grote hatte in den letzten drei Jahren insgesamt viermal Spezialärzte konsultieren müssen, weil ihm die Extremrennerei auf die Knie gegangen war. Zweimal waren Operationen erforderlich geworden. Einmal am linken, ein Jahr später am rechten Knie.
Und dann sah Landau noch einen Punkt, der ihm für den Termin des Ostseeman-Wettkampfes am ersten Wochenende im August ein Dorn im Auge war. Ebenfalls an diesem Wochenende spielte die Heavy-Metal-Szene in

Wacken verrückt. Und das bedeutete für die Polizei in Schleswig-Holstein in der ohnehin wegen Urlaubszeit angespannten personellen Lage eine zusätzliche Belastung. Wenn nun auch noch drei seiner Mitarbeiter sich beim Ostseeman verausgabten und ein wichtiger Einsatz für das 1. K erforderlich werden würde, dann hätte Landau für seine Ermittler keinen Ersatz. Das wurmte ihn ganz schön. Dennoch ließ er die Dinge auf sich zukommen. Der Tag – die Sorge! Das sagte er sich zur eigenen Beruhigung.
Die Wochenbesprechung beendete Christian Landau mit dem lapidaren Hinweis, dass man einfach abwarte sollte, ob Stefan Zachert sich in Zukunft an die Weisungen des Gerichts halten werde.

6.
Von Klosterhausen waren es nur anderthalb Stunden mit dem Auto, und für Laura bedeutete es das Eintauchen in eine andere Welt. Sie war vor zwei Jahren mit Stefan schon hier gewesen.
Das dänischblaue Holzferienhaus ihrer Cousine liegt am Hang oberhalb des Hafens von Langballigau, das sich an der Südküste der Flensburger Außenförde und im Norden der Region Angeln befindet. Laura genoss aus dem einräumigen Ferienhaus den Blick über den kleinen Hafen, den sich anschließenden Naturstrand und den lang gezogenen Campingplatz.
Drüben auf der anderen Seite der Außenförde war schon Dänemark. Hier war also der Eingang zu der von vielen Seglern beschworenen und gepriesenen dänischen Südsee. Laura, selbst keine Seglerin, konnte sich vorstellen, dass es fantastisch sein musste, mit einem gemütlichen Boot bei ruhiger See von Inselhafen zu Inselhafen zu schippern. Irgendwann würde sie das tun. Vielleicht ja mit Hendrik Deylen zusammen.
Sie hatten sich seit dem Spaziergang im Klosterpark noch nicht wieder getroffen, weil Hendrik eine Leserreise nach

Potsdam begleiten musste und auch sonst beruflich sehr in Anspruch genommen wurde. Laura hatte ihm erzählt, dass sie für ein paar Tage an die Ostsee fahren und sie sich sehr über seinen Besuch freuen würde. Hendrik war nicht sicher, ob es klappen könnte, signalisierte aber, dass er alles daran setzen würde, am nächsten Wochenende ebenfalls nach Langballigau zu fahren. Drei Tage waren es noch bis dahin, und Laura merkte, wie sie sich auf Hendrik freute. Sie wollte die Zeit bis dahin genießen, ganz für sich. Aber einmal zum Shoppen in die schöne Flensburger Innenstadt, das musste unbedingt sein. Auch ein Ausflug nach Kappeln zum Fischessen stand auf ihrem Plan, ebenso der Besuch im Landschaftsmuseum Angeln in Unewatt ganz in der Nähe von Langballig. Weiter wollte sie die Fördeküste zu Fuß erkunden und dabei wieder Kraft tanken.

Doch all diese Vorhaben wurden schon am ersten Abend jäh unterbrochen. Laura saß in dem schmucken Ferienhaus in einem großen Ohrensessel, hörte gegen 22.00 Uhr leise ihre Lieblings-CD von Mark Knopfler und träumte dabei von einem romantischen Segeltörn mit Hendrik Deylen.

Es dämmerte bereits an diesem schönen Sommerabend, draußen war es erholsam still. Doch da, was war das? Schritte näherten sich, unüberhörbar durch das Knirschen des mit Kieselsteinen bedeckten Weges vom Hafen zum Ferienhaus. Jetzt waren die Schritte vor ihrer Tür. Laura stellte die Musik ab und horchte. Sie hatte kein Licht eingeschaltet. Es war noch hell gewesen, als sie sich in den gemütlichen Sessel gesetzt hatte. Still war es draußen, doch Laura wusste, dass da draußen jemand war. Sie hielt den Atem an und erschrak. Sie beobachtete, dass der Türgriff der Eingangstür ganz langsam nach unten gedrückt wurde. Laura war vorsichtig gewesen und hatte den Riegel vorgeschoben, so dass die Tür von außen nicht zu öffnen war. Doch hatte sie auch die Fenster geschlossen? Lauras Blicke rasterten sofort die kleinen Fenster des Ferienhauses ab. Erleichtert stellte sie fest, dass nur zwei obere Fenster-

klappen geöffnet waren. Sie rührte sich nicht und lauschte nach draußen. Wieder hörte sie Schritte. Drei, vier. Vorsichtig auftretend diesmal, wahrscheinlich um jegliches Geräusch zu vermeiden. Vor dem Fenster neben der hölzernen Eingangstür sah sie einen Schatten, konnte jedoch nicht viel erkennen, weil vor dem Fenster eine Gardine hing, die zumindest von außen einen Sichtschutz bot und somit auch die Sicht nach draußen einschränkte. Laura tastete im Halbdunkel auf dem Beistelltisch nach ihrem Handy. Verdammt. Das Handy hatte sie doch vorhin dort abgelegt, um ihre Cousine in Flensburg anzurufen. Bei der Träumerei im Ohrensessel und der schönen Musik hatte sie den Anruf vergessen. Aber wo war das Handy jetzt. Laura fuhr mit der rechten Hand zügiger über die kleine Tischplatte und dann polterte das gesuchte Stück schon auf den Holzfußboden. Sie bemerkte zu ihrem Entsetzen, dass sich die Akkuabdeckung vom Handy ablöste und auch der Akku selbst aus der Halterung sprang. Panisch blickte sie zu den Fenstern an der Vorderfront des Hauses. Das Poltern musste der Unbekannte draußen gehört haben, so laut war es gewesen. Aber was wollte der Unbekannte? Oder war es gar kein Unbekannter? Tausend Gedanken schossen der jungen Frau durch den Kopf. Gedanken, die sie in Angst und Schrecken versetzten. Sie fühlte sich schutzlos und ausgeliefert. Laura merkte, dass sie am ganzen Körper zitterte.
Dann erstarrte sie.
Ein starker Lichtschein drang durch das größere Fenster in das Innere des Holzhauses und leuchtete den gesamten Raum aus. Nach wenigen Augenblicken befand sich Laura voll im Lichtkegel. Das Licht blendete furchtbar und sie konnte nichts erkennen. Aber hören. Ein lautes, irrsinniges Lachen. Sie kannte die Stimme.
Es war Stefans Lachen.
Woher konnte Stefan wissen, dass sie hier in Langballigau war? Hatte er sie beobachtet, als sie mit ihrem Gepäck in

Klosterhausen losfuhr? Oder hatte er ihr sonst irgendwie hinterher geschnüffelt? Laura wusste keine Erklärung. Es war in dieser Situation aber auch egal.
Es platzte aus ihr heraus. Mit aller Kraft und mächtiger Lautstärke schrie sie ihn an. „Hau ab, hau ab. Ich ruf' die Polizei! Verschwinde hier, du fieser Kerl." Die letzten Worte waren mehr ein Kreischen. Offensichtlich aber so heftig, dass sich links und rechts des Ferienhauses am Hang in Langballigau Türen und Fenster öffneten.
Lauras Schreie gingen über in ein Weinen. So konnte sie nicht wahrnehmen, dass sich draußen auf dem Kieselsteinweg schnell die Schritte entfernten.

Als die Nachbarn kamen, um nach dem Rechten zu sehen, war Stefan längst verschwunden. Laura berichtete den besorgten Leuten die Wahrheit über den unheimlichen Besucher und auch, dass sie keine weitere Nacht mehr in dem Haus verbringen würde. An Schlaf war nicht mehr zu denken. Schon sehr früh machte sie sich auf den Weg zurück nach Klosterhausen. Aber was sollte sie zu Hause? War sie Stefan Zachert dort nicht noch viel mehr ausgeliefert? Hin und her kreisten ihre Gedanken, aber sie fand keine Lösung. Ihre Cousine wollte sie mit alledem nicht nerven, denn die hatte mit ihren drei Kindern sicher genug um die Ohren.
Von unterwegs rief sie Hendrik an. „Störe ich?" Es war kurz nach acht Uhr, und Laura bemerkte, dass sie Hendrik aus dem Schlaf geholt hatte. Sein Redaktionsalltag begann täglich um elf, deshalb erreichte sie ihn zu Hause.
„Ach, ich muss sowieso gleich aufstehen. Gut, dass du mich anrufst, ich hab' meinen Wecker nämlich nicht gestellt."
„Hendrik, hast du heute Zeit für mich?" Laura klang bedrückt, fand Hendrik. Er konnte ihr etwas sagen, was sie bestimmt aufmuntern würde. „Ich sollte eigentlich bis zum Wochenende die Vertretung für eine kranke Kollegin

machen. Aber stell' dir vor, die hat gestern angerufen und gesagt, dass sie heute wiederkommt. Vertretung nicht mehr nötig. Weißt du, was das heißt?"

Lauras Stimmung besserte sich schlagartig. „Du kannst frei nehmen. Das wäre toll!"

„Ja, aber leider nur heute Nachmittag, morgen habe ich einen wichtigen Termin bei der Feuerwehr. Die kriegen ein neues Einsatzfahrzeug. Das wird mit allem Trara gefeiert und ich muss darüber im Blatt berichten. Aber heute könnte ich dich an der Ostsee besuchen."

„Ich hab' meinen Kurzurlaub an der Ostsee abgebrochen", sagte Laura und erzählte Hendrik die Gründe.

„So ein Mistkerl", schimpfte Hendrik und schlug vor, dass Laura ihn nachmittags in der Redaktion abholen sollte.

Genauso geschah es. Als Laura gerade mit Hendrik das Zeitungsgebäude verließ, fuhr ein schwarzer Opel Mokka vorbei und verlangsamte sein Tempo. Der Fahrer drehte seinen Kopf zu den beiden. Laura hatte Stefan nicht bemerkt. Zu intensiv war sie in ihre Unterhaltung mit Hendrik vertieft. Sie freute sich auf den gemeinsamen Nachmittag mit ihm. Beide verbrachten ihn in Burg am Nordostseekanal. Ein langer Spaziergang am Kanal und ein leckeres Essen im Ausflugslokal brachten Laura auf andere Gedanken. Hendrik merkte, dass er mit Laura sehr gut auskam. Ihrer Aufforderung, noch auf ein Glas Wein mit zu ihr nach Hause zu kommen, kam er liebend gerne nach. Es blieb nicht bei dem Glas Wein. Hendrik Deylen blieb die ganze Nacht über.

Während sich beide in dieser Nacht sehr nahe kamen, registrierte Stefan Zachert von seinem an der Straße geparkten Wagen aus jede Bewegung in Lauras Wohnung. Eine grenzenlose Wut überfiel ihn, als er gegen Mitternacht sah, dass im Schlafzimmer das Licht ausging.

Kurze Zeit später wurden Laura und Hendrik unsanft gestört. Ein junger Mann in Handwerkermontur klingelte an

der Haustür. Erst einmal, dann mehrfach. Laura schaute durch das Schlafzimmerfenster und konnte vor der Haustür den jungen Mann sehen. Er hielt einen schweren Werkzeugkoffer in seinen Händen.
Laura öffnete das Fenster und sprach den Mann an.
„Hier ist der Schlüsseldienst", sagte der Mann.
„Jetzt? Mitten in der Nacht? Ich habe keinen Schlüsseldienst bestellt", entgegnete Laura und wollte das Fenster schließen. Der Handwerker nannte nun den Namen Köster und eine Telefonnummer. „Sind Sie Frau Köster und ist das Ihre Nummer?"
Laura stutzte. „Ja, das ist meine alte Nummer und ich heiße auch Köster. Aber ich habe nicht telefoniert. Mein Festnetztelefon habe ich vor einiger Zeit abgemeldet. Ich brauche keinen Schlüsseldienst. Da muss sich jemand einen bösen Scherz erlaubt haben. Und nun gehen Sie wieder."
Laura ahnte, wem sie diese nächtliche Störung zu verdanken hatte und sie erzählte Hendrik davon. Der überlegte kurz und hatte eine Idee. „Was hältst du davon, wenn ich zum Thema ‚Nachstellung' etwas in unserer Zeitung schreibe? Ich würde keine Namen nennen, aber deine Erlebnisse dennoch berichten. Und dein Ex könnte sich auch in der Story erkennen und schwarz auf weiß lesen, was er anrichtet? Vielleicht kommt er dann zur Vernunft."
Laura verwarf den Gedanken. Sie wollte sich nicht ärgern. Als Hendrik morgens schon ganz früh ihre Wohnung verlassen musste, weil er seinen Außentermin wahrnehmen sollte, wusste sie, dass dies nicht ihre letzte Nacht mit ihm gewesen war. Zu schön war es mit ihm.

7.
Ihren weißen VW-Polo hatte Laura sich gleich nach bestandener Führerscheinprüfung mit achtzehn Jahren zugelegt. Für den guten Gebrauchten hatten ihre Eltern das Geld vorgeschossen, und – wie liebe Eltern so sind –

großzügig auf manche Rückzahlungsrate verzichtet, wenn Laura mal etwas knapper bei Kasse war. Sie hegte und pflegte den Polo über die Jahre. Ihr war überhaupt nie in den Sinn gekommen, sich von ihrem ersten mobilen Untersatz einmal trennen zu müssen. Das Auto hatte alles, was es nach ihrer Auffassung haben musste. Die richtige Farbe, getönte Scheiben, Fahrer- und Beifahrerairbags, ein Radio mit CD-Spieler, ein Faltdach und Alu-Felgen. „Mehr Auto braucht kein Mensch", pflegte Laura zu sagen, wenn sich Stefan Zachert einmal mehr darüber ausgelassen hatte, dass man ein solch altes Gefährt nun wirklich nicht mehr fahren sollte. Sie liebte diesen Wagen. Nein, ihr erstes Auto im Leben gehörte zu ihr. Laura hatte ihrem Wagen sogar einen Namen gegeben. ‚Knut' stand in großen Lettern hinten auf der Heckklappe. ‚Knut' deshalb, weil Laura sich damals für den Eisbären im Berliner Zoo so begeistern konnte. Ein kleiner Eisbär baumelte seit Jahren am Innenspiegel. Als Eisbär ‚Knut' 2011 starb, tröstete Laura sich damit, dass sie ja ihren ‚Knut' noch hatte.

Laura geriet in Verzweiflung, als sie am Morgen versuchte, ihren Polo zu benutzen. Eine Funkfernbedienung kannte ihr mittlerweile zehn Jahre alter Volkswagen noch nicht. Immer wieder versuchte sie vergeblich, den Wagenschlüssel ins Schloss der Fahrertür zu stecken. Es gelang einfach nicht. Auch nicht an der Beifahrertür, und das Schloss der Heckklappe ließ sich ebenfalls nicht aufschließen. Sämtliche Schlösser waren verstopft. Mit Sekundenkleber. Laura schäumte vor Wut, weil sie sich genau denken konnte, wer hinter diesem feigen Anschlag auf ihren ‚Knut' steckte.

„Stell' dir mal vor, was der mit meinem Auto gemacht hat", berichtete sie kurze Zeit später Martina Bell. Kurz entschlossen war sie zur Kripo-Dienststelle gelaufen, um eine Anzeige zu erstatten. Auch den nächtlichen Besuch des Schlüsseldienstes erwähnte sie. Und das schlimme Erlebnis in Langballigau.

„Bis auf die Sache an der Förde kann man Zachert natürlich nur schwer etwas beweisen", beurteilte Martina die rechtliche Situation. „Aber es passt dazu. Schade, dass es keinen Zeugen gibt, der uns den Täter zumindest beschreiben kann."

„Einsatz!" Laut tönte der Ruf von Christian Landau über den Flur im ersten Stock des Polizeigebäudes. Dieser Ruf war zwar eine Marotte des Chefs und sicher irgendwie überholt, er löste dennoch jedes Mal bei den Mitarbeitern des Kommissariats volle Konzentration auf die unmittelbar bevor stehenden neuen Aufgaben aus. Landau wusste das. Während er in den ersten Jahren seiner Leitungstätigkeit selbst von einer gewissen Hektik angesteckt und getrieben worden war, wenn ein neuer Fall sich ankündigte, so prägte im Laufe der Zeit umgekehrt eine extreme nüchterne Sachlichkeit diese Situation. Bei den anderen im Kommissariat war das nicht so. Auch Martina reagierte sofort auf die Einsatzankündigung Landaus und beendete das Gespräch mit der Rat suchenden Laura. „Du hast gehört, ich muss los."

Laura Köster zeigte sich überrascht und enttäuscht. „Aber was soll ich denn jetzt machen? Hört das denn nie auf?"

„Du musst jeden Angriff, jeden Kontaktversuch und jede Merkwürdigkeit weiterhin genau notieren. Gut wäre auch, wenn du Zeugen dafür hast, Laura. Zachert darf sich dir nicht nähern. Das ist ein Gerichtsbeschluss. Wenn er dagegen verstößt, dann wird's teuer. Berichte deinem Anwalt von der Sache an der Förde", sagte Martina während sie sich von ihrem Schreibtisch erhob und Laura mit einer Handbewegung zum Gehen aufforderte.

Die kurze Einsatzbesprechung fand in Landaus Büro statt. Martina Bell, Lukas Grote, Kai Gellert und Claudia Kaufmann standen vor dem Schreibtisch, als der Chef die wenigen Fakten, die er soeben erhalten hatte, an sein Team weitergab und die anstehende Arbeit aufteilte.

„Vor zehn Minuten ist Herr Gottfried Storch, dreißig Jahre alt, auf der Polizeiwache erschienen. Seine Kleidung ist großflächig mit Blut besudelt. Storch sagte kein einziges Wort zu unserem Kollegen, sondern legte nur seine Digitalkamera auf den Wachtresen."

Es war Kai Gellert, der vor Aufregung nicht abwarten konnte und dazwischen fragte: „ Und was war darauf zu sehen?"

Christian Landau, der sich angewöhnt hatte, solche Einsatzinformationen ganz ruhig und sachlich mitzuteilen, damit ja kein Detail vorenthalten blieb, hatte ganz langsam gesprochen und hielt jetzt inne. Der Blick, der Kai Gellert in dieser Situation traf, sagte eigentlich alles. Der Jungkommissar nahm das eindeutige Signal auf und wusste nun, dass er einfach nur zuzuhören hatte.

Nach einigen Sekunden fuhr Landau fort. „Auf der Kamera sind Bilder eines Tatortes abgespeichert. Eine Frau liegt mit blutigen Oberkörperverletzungen in einem Hausflur. Ein kleiner Junge mit schweren blutigen Halsverletzungen offensichtlich tot hinter der Tür eines Kinderzimmers."

Betroffenheit machte sich in den Gesichtern breit. Martina sprach das aus, was alle dachten. „Kann das alles ein Fake sein? Ein ganz makabres Unterfangen, um die Polizei zu täuschen?"

Martina spielte auf eine Begebenheit an, die die halbe Landespolizei vor zwei Jahren in helle Aufregung versetzt hatte. An einem Postkasten am Bahnhof waren einige Fotoaufnahmen in einem Couvert gefunden worden, auf denen eindeutig eine Tatortsituation erkennbar war. Ein halbnackter Mann war auf den Fotos zu sehen, offensichtlich mit durchschnittener Kehle auf einem Gehweg liegend. Selbst Rechtsmediziner Dr. Arndt war beim Betrachten der Bilder sicher, dass es sich um das Foto eines Ermordeten handelte. In der Lageauswertung des LKA Kiel suchte man nun intensiv nach einem entsprechenden Delikt oder nach einer Person, die als Opfer dieses Kapitaldeliktes passen könnte. Fernschreiben mit entsprechenden Erkenntnisanfragen kursierten bei sämtlichen Kripodienststellen in Schleswig-Holstein und Hamburg. Doch die Lösung dieses Falles war sehr simpel. Eine Zeugin meldete sich aufgrund einer Zeitungsmeldung und berichtete von Filmaufnahmen, die wenige Tage zuvor am Klosterhausener Bahnhof stattgefunden haben sollen. Die Zeugin wusste von einer Szene, in der die Leiche eines Halbnackten von den Fernsehermittlern auf dem Fußweg neben dem Bahnhof untersucht worden war. Die Auskunft der Filmproduktionsfirma ergab, dass der Filmtote von der Maskenbildnerin mehrfach fotografiert worden war, um dem Regisseur das Ergebnis ihrer Arbeit bis zu dessen Zufriedenheit vorzustellen. Die Maskenbildnerin hatte die Aufnahmen einfach am Drehort verloren.

Landau beantwortete die Frage seiner Kollegin ohne aufzublicken. „Die Kollegen Ruhländer und Sand sind unverzüglich zu der Anschrift des Mannes gefahren. Es ist ein Tatort. Die Kollegen fanden ihn so vor, wie die Aufnahmen der Kamera ihn zeigen. Der Tatort ist in der Memeler Straße 22."

Keine zehn Minuten später parkten die Dienstfahrzeuge des 1. K und der Kriminaltechnik direkt vor dem benannten Haus auf dem Hof neben einem größeren Garagengebäude, das von der Straße her kaum zu sehen war, weil eine hohe, ungepflegte Hecke sie umsäumte. Das Wohnhaus selbst war ein kleines mit roten Ziegeln inmitten der Ostlandsiedlung, wo in den fünfziger Jahren nahezu identische Häuser gebaut worden waren. Die Großeltern von Gottfried Storch hatten das Siedlungshaus damals gebaut. Bis zum Tod von Großvater Hermann Storch vor zwei Jahren wurde das Haus und das kleine Grundstück gehegt und gepflegt. Hanna, die Großmutter, überlebte ihren Mann nur wenige Wochen. Sie mochte einfach nicht mehr und war nach einer Überdosis Schlaftabletten nicht mehr aufgewacht. Danach stand das Haus mehrere Monate

leer, bis der Enkel Gottfried mit Frau und Kind im vergangenen Jahr einzog. Gottfrieds Eltern lebten in Bremen, wo sie erfolgreich einen großen Lebensmittelmarkt führten. Das gut eigengeführte Geschäft forderte Gottfrieds Eltern voll und ganz. Gottfried sollte eigentlich in den Markt einsteigen, doch er eignete sich absolut nicht für eine solche Arbeit. Eigentlich gab es überhaupt keine Arbeit, die Gottfried gefiel. Er blieb lieber zu Hause bei seiner Frau und seinem Sohn. Zu den Nachbarn gab es keinen Kontakt. Die fanden, ein sehr komischer Kauz sei mit seiner Familie in das kleine Haus eingezogen. Für die Gartenarbeit hatte Gottfried Storch ebenfalls sehr wenig übrig. So stach das ehemals schmucke Siedlungshaus und das Grundstück von Hermann und Hanna Storch aus der Reihe der ähnlichen Häuser in der Memeler Straße deutlich negativ hervor. Unkraut wucherte zwischen den Jägerzaunelementen hoch, der Rasen vor dem Haus war als solcher nicht mehr erkennbar, weil er nun schon im zweiten Jahr nicht gemäht worden war. Die Fenster wirkten stumpf und dreckig, die hölzerne Haustür mit dem Gelbglaseinsatz hätte längst einen gehörigen Lasurauftrag haben müssen und wirkte daher schlimmer als nur verwahrlost.
Christian Landau hatte sich und Martina Bell dazu eingeteilt, den Tatort aufzusuchen, während Lukas Grote und Kai Gellert sich im Kommissariat mit Gottfried Storch befassen sollten. Nach Möglichkeit sollten sie den vermeintlich Tatverdächtigen zum Reden bringen, um Klarheit über den Ablauf dieser Bluttat zu bekommen. Claudia Kaufmann wunderte sich über diese Arbeitsaufteilung, war es doch bisher fast ausnahmslos so gewesen, dass Landau sich um die Vernehmung eines Verdächtigen kümmerte. Beim Verlassen des Büros hatte Landau diese Irritation in dem Gesicht von Claudia bemerkt und lapidar erklärt: „Ich muss auch mal an die Luft."
Landau wartete draußen vor dem Hauseingang, denn die beiden Spurensicherer Hans Gerlach und Clarissa Scheune-

mann waren die ersten, die an diesem Tatort ihre Arbeit tun mussten. Erich Ruhländer und Jochen Sand standen neben ihm. Beides gestandene und erfahrene Polizisten, die wegen ihrer guten Beurteilungen in ihrem Alter von über Fünfzig noch zu Polizeikommissaren befördert worden waren. Die Gesichter beider Männer waren bleich. Jochen Sand schüttelte immer wieder den Kopf. „Das sieht schlimm aus da drin. Ein richtiges Gemetzel. Überall Blut. Schrecklich."
Erich Ruhländer, wirklich im Laufe der Jahre in unzähligen Einsätzen gestählt, wischte sich eine Träne aus den Augen und sagte mit zittriger Stimme: „Wie kann man bloß einem Kind sowas antun?"
Christian Landau sah die echte Betroffenheit seiner Kollegen und nickte schweigend. Er wusste, in wenigen Augenblicken würde auch er die beiden durch die vielen Verletzungen entsetzlich entstellten toten Körper sehen. Landau hatte sich im Laufe der vielen Jahre in seinem Beruf darauf eingestellt und gelernt, in solchen Momenten keine Emotionen an sich heran zu lassen und die Fakten ganz objektiv aufzunehmen. So war es bisher nie dazu gekommen, dass ihn die schlimmen Bilder eines Tatortes später verfolgten oder gar quälten. Landau nahm diese Fähigkeit als gegeben hin und war erleichtert darüber. Anders kann man seiner Auffassung nach als Verantwortlicher für derartige Ermittlungsarbeiten auch nicht vorgehen. Als junger Beamter hatte Christian Landau das Glück gehabt, einen erfahrenen Kollegen an seiner Seite zu haben, der ihm Schritt für Schritt die Arbeit an Leichenfundorten beigebracht hatte. Die vielen Kontakte zu Dr. Arndt von der Rechtsmedizin hatten ihm darüber hinaus geholfen, auch die fürchterlichsten Ergebnisse von Mord, Totschlag, Suizid oder Unfall ganz nüchtern und sachlich zu betrachten.
Martina hatte während der Wartezeit im Tatortwagen, einem fast neuen Mercedes Vito mit Büroausstattung, Verbindung zum Vernehmungsteam aufgenommen und

erfahren, dass Gottfried Storch etwas zu der Tat ausgesagt hatte. Allerdings nur einen Satz, den er wieder und wieder sagte: „Der Meister sagt, sie mussten tot. Der Meister sagt, sie mussten tot."
Sie ging auf die vor dem Haus wartenden Beamten zu und berichtete ihrem Chef.
„Es sieht so aus, als wäre Herr Storch in der geschlossenen Abteilung der Psychiatrie richtig aufgehoben", meinte Christian Landau, der schon etliche psychisch kranke Täter persönlich mit einem Unterbringungsbeschluss des Amtsgerichts in die forensische Psychiatrie nach Neustadt im Kreis Ostholstein gebracht hatte.
„Ja, ja", sagte Erich Ruhländer bitter, „und nach ein paar Jahren läuft der Storch dann wieder draußen rum und alles ist vergessen."
„Nee, Erich", meinte Landau, „so einfach ist das nicht. Ich habe mir das mal näher angesehen und mit den Fachärzten auch intensiv diskutiert. Es sind schon sehr hohe Hürden, wenn jemand nach so einer schlimmen Tat wieder auf die Bevölkerung losgelassen wird. Das kann etliche Jahre dauern, und einige kommen gar nicht wieder, weil sie nicht geheilt werden können. Die sitzen dann ewig in der geschlossenen Abteilung. Da hat sogar ein Lebenslänglicher im Knast eine bessere Perspektive."
Es dauerte noch eine ganze Weile, bis Hans Gerlach, der erfahrene Kriminaltechniker, seine Spurensuche und –sicherung im Haus unterbrach und von der Haustür aus rief: „So, die wichtigsten Bereiche haben Clarissa und ich nun gesichert. Christian und Martina, ihr könnt jetzt rein. Aber mit Spurensicherungsanzug bitte."
Da kannte Gerlach überhaupt keinen Spaß. Er würde es nie zulassen, dass ein Ermittler wie in Fernsehkrimis ohne den weißen Spurensicherungsanzug, ohne Handschuhe und Mundschutz einen seiner Tatorte besichtigen wollte. Gerlach war für die ordnungsgemäße Sicherung der Spuren am Tatort verantwortlich und hatte somit auch den Hut auf.

Alle Kollegen respektierten das, und wenn sich jemand über Gerlachs Weisungen hinwegsetzen wollte, dann wurde der alte Spurensicherer fuchsteufelswild.

Landau und seine Kollegin streiften sich also schnell die erforderlichen Utensilien über, vergaßen auch nicht die blauen Einmal-Schuhüberzieher und gingen ins Haus.

„Bleibt ihr bitte noch hier draußen", wandte sich Landau beim Hineingehen an die Kollegen Sand und Ruhländer. „Ich möchte nicht, dass Unbefugte hier auf das Grundstück kommen."

*

Laura Köster war nach dem Besuch bei der Kripo noch zu Rechtsanwalt Garrels gegangen, um ihn über die weitere Entwicklung zu informieren.

Garrels hatte ihr signalisiert, dass er dem Amtsgericht und der Staatsanwaltschaft die Verstöße Zacherts gegen die gerichtlichen Auflagen anzeigen werde. Dies werde den Druck auf den Übeltäter erhöhen, zukünftig seine Nachstellungen zu unterlassen, weil er jetzt Gefahr laufe, das es sehr teuer für ihn werden würde.

All das konnte Laura Köster nicht unbedingt beruhigen, zu aufgewühlt war sie von den gemeinen Attacken ihres Ex-Freundes.

Nach Hause mochte sie nicht gehen. Sie hatte die Idee, dass ihr Vater dabei helfen könnte, ihren Polo wieder flott zu kriegen. Sie war mit dem Stadtbus bis zur Haltestelle Memeler Straße gefahren und auf dem kleinen Fußweg bis zu ihrem Elternhaus war ihr der schwarze Mercedes-Vito aufgefallen, der schräg gegenüber ihres Elternhauses auf dem dortigen Grundstück parkte. Martina Bell, mit ihrem Spurensicherungsanzug bekleidet, saß am Lenkrad und telefonierte. Deshalb wollte Laura sie nicht stören. Sie blieb noch einige Augenblicke stehen und beobachtete die Szene. Jetzt fiel ihr auf, dass ein VW-Passat-Streifenwagen hinter dem Vito stand, und sie sah zwei uniformierte Polizisten vor dem Haus Nr. 22. Sie bemerkte, dass der Mann, den sie als Martinas Chef bei der Kripo gesehen hatte, kurz an der Eingangstür des Hauses erschien und einem Beamten etwas mitteilte. Der Chef trug ebenfalls so einen weißen Anzug. Ein ungutes Gefühl erfasste Laura. Das war also der Einsatz, deren Beginn sie noch in Martinas Büro miterlebt hatte.

Aber was war hier in der Memeler Straße passiert?

Da drüben wohnte doch so ein merkwürdiger Kauz mit seiner Familie? Gleich würde Laura mehr wissen, dachte sie und ging in ihr Elternhaus.

Es war jetzt Mittagszeit und ihre Eltern waren beide schon von der Schule nach Hause gekommen, wie an jedem Tag. Während Maren Köster als Schulsekretärin nachmittags nicht mehr zu Arbeit musste, gönnte sich Sören Köster, der Hausmeister, täglich eine ausgiebige Mittagsstunde, ehe er gegen zwei Uhr wieder losging. Lauras Eltern hatten gerade zu Mittag gegessen, als ihre Tochter aufkreuzte.

„Oh, das ist aber eine Überraschung", freute sich Maren Köster, „schön, dass du bei uns vorbeischaust. Magst du Kartoffelsalat und Frikadellen? Es sind noch welche da."

„Was ist da drüben los?", wollte Laura wissen, ohne auf das gut gemeinte Angebot ihrer Mutter einzugehen.

„Wissen wir nicht", antwortete Sören Köster und trank einen Schluck Apfelschorle. „Der Polizeiwagen stand schon dort, als wir vorhin nach Hause kamen. Da drüben wohnt doch der merkwürdige Enkel von Hermann und Hanna Storch. Mit dem und seiner Familie haben wir keinen Kontakt."

„Ja, aber die Kripo ist auch da", erklärte Laura. „Ich habe Martina Bell und ihren Chef dort gesehen. Sie laufen in so weißen Papieranzügen rum. Und Martina arbeitet bei der Mordkommission. Da muss etwas passiert sein."

Maren Köster machte ein sorgenvolles Gesicht, als sie vom Küchentisch aufstand und zum Fenster ging, um von dort auf die Straße zu schauen. „Oh Gott", stöhnte sie erschrocken, „jetzt fährt ein Leichenwagen drüben auf die Auffahrt."

*

„Christian, wir haben einen schweren Verkehrsunfall auf der A23. Die Regionalleitstelle fragt, ob wir hier abtreten können, um dort zu unterstützen", rief Erich Ruhländer vom Hauseingang aus. Christian Landau überlegte nur einen kleinen Moment und ging vom Kinderzimmer, in dem Bestatter Friedrich Mager mit seinem Angestellten den toten vierjährigen Tim Storch in den viel zu großen grauen Transportsarg legte, in den Hausflur. Der Spurenfachmann Hans Gerlach hatte vorher darauf bestanden, dass das tote Kind in dem weißen Kunststoffleichensack, der Spurenübertragungen verhindern sollte, in den Transportsarg gelegt wird. Dann entgegnete Landau: „Na klar, hier läuft ja alles nach Plan, fahrt man los."
Christian Landau ließ die Haustür angelehnt und wandte sich wieder dem Tatort zu, wo die Bestatter gerade den Transportsarg anhoben, um ihn zum Leichenwagen zu tragen. Die zweite Leiche, sehr wahrscheinlich die der 30jährigen Sandra Storch, Mutter des kleinen Tim, lag am Ende des schmalen Hausflures. Martina Bell war gerade dabei, die Auffindesituation zu beschreiben. Sie hielt ihr Diktiergerät in der rechten Hand. Mitten im Satz unterbrach Martina und horchte auf. Auch Landau wurde aufmerksam. Draußen rief eine Frau. Die Stimme klang aufgeregt. Die Stimme kam näher zur Haustür, und Landau schoss es siedend heiß durch den Kopf, als er hörte, wer von draußen gerufen wurde: „Sandra! Tim!... Sandra! Tim!" Die Stimme klang ängstlich, wurde mehr und mehr hysterisch.
Landau wies Bestatter Mager an, noch nicht mit dem Transportsarg das Haus zu verlassen. Er ging an die Haustür, die jetzt gerade von einer Frau geöffnet wurde.

„Sandra! Tim!"
Landau nahm sich schnell den Mundschutz ab und stellte sich in seinem weißen Spurensicherungsanzug in den Hauseingang. Die ungefähr sechzig Jahre alte Frau versuchte, an ihm vorbei in das Haus zu gelangen. Christian Landau musste sie festhalten. Er durfte keinesfalls zulassen, dass sie ins Haus gelangte.

„Bitte, Sie können jetzt nicht rein. Das geht nicht", sagte er bestimmt und wusste, dass jetzt alles unpassend sein würde, was er sagte. Für eine solche Situation gibt es keine richtigen Worte. Er führte die Frau ein Stück von der Tür weg nach draußen.

„Lassen Sie mich, ich will zu meiner Tochter und zu meinem Enkel", forderte die Frau, und ihre Stimme wurde weinerlich – hektisch. „Sandra! Tim!"

Landau hatte im Laufe der vielen Jahre in der Mordkommission Klosterhausen als Chef selber häufig die schlimme Aufgabe wahrgenommen, Angehörigen eine Todesnachricht zu überbringen. In den meisten Fällen hatte er zumindest einige Augenblicke Zeit, sich selbst auf die schlimmste Nachricht einzustellen, die dann einem Angehörigen mitzuteilen war. Aber in eine derartige Lage, wie er sie jetzt erlebte, war er ganz selten geraten. Und diese Augenblicke waren jedes Mal so heftig gewesen, dass Christian Landau sie nie vergessen hatte. Und gleich würde die Mutter von ihm erfahren, dass sie keine Sandra und keinen Tim mehr hat.

Er schluckte trocken, legte beide Arme auf die Schultern der verzweifelt drängelnden Frau. „Sandra ist tot. Tim ist tot." Kurz und knapp kamen ihm diese beiden Sätze über die Lippen. Das Drängeln der Frau hörte abrupt auf. Die Frau hob ihren Kopf. Ihre blau-grauen Augen blickten ihm ins Gesicht und schauten doch durch ihn hindurch. Landau spürte, wie die Frau erstarrte. Er wusste, dass die Reaktion einige Momente brauchte, bis sie kam. Und dann schrie die Frau, die offensichtlich die Mutter und die Großmutter der beiden Opfer war, laut los. „Nein!... Nein!... Nein!" Immer wieder. Immer lauter. Sechs, sieben, acht Mal. Bis die Stimme der armen Frau versagte und in ein klägliches Schluchzen überging. Landau konnte die Frau gerade noch halten, als sie in sich zusammensackte.

„Komm, lass mich mal", sagte Martina Bell, die schleunigst ihren Spurensicherungsanzug abgestreift hatte und die Frau aus den fest zupackenden Armen Landaus behutsam übernahm.

Christian Landau war erleichtert, dass seine Kollegin ihn unterstützte. Und dann fiel sein Blick auf einen Mann, den er erst vor kurzem gesehen hatte. Er verspürte sofort einen tiefen Groll, als er ihn an der Auffahrt zum Grundstück Memeler Straße 22 sah. Und dann merkte er die Wut, die ihn überkam, als er registrierte, was der Mann dort tat. Mit seiner Kamera hielt er auf die Situation vor dem Hauseingang, hatte sehr wahrscheinlich das in Bildern festgehalten, was dort soeben abgelaufen war.

Entschlossen stapfte Landau auf den Journalisten des Klosterhausener Tageblattes zu, riss ihm die Kamera aus der Hand und entnahm kurzerhand daraus den Speicherchip. „Sie lernen es nie!" fauchte er den verdutzten Hendrik Deylen an, als er ihm die Kamera wieder in die Hand drückte. Dann machte der Ermittler kehrt. Ohne Deylen anzusehen, brüllte Landau: „Und lassen Sie sich besser nicht hier auf dem Grundstück sehen."

Hendrik Deylen war von dem forschen Auftreten des Kriminalbeamten sehr überrascht. Der hatte ihn doch erst kürzlich in Gegenwart seines Chefs arg beschimpft und ihn in echte berufliche Schwierigkeiten gebracht. Das werde ich ihm heimzahlen, dachte der junge Reporter und zog sich von der Auffahrt des Grundstücks zurück. Er ging rüber zur elterlichen Wohnung von Laura, die ihn kurz zuvor angerufen und erzählt hatte, dass im Haus schräg gegenüber die Mordkommission arbeite. Sofort war er in die Memeler

Straße gerast, um als erster die sensationellen Neuigkeiten zu erfahren.

8.
Der weitere Ablauf des Falles war Routine. Jedenfalls für die Ermittler des 1. Kommissariats.
Martina Bell kümmerte sich vor Ort um die Mutter von Sandra Storch. Sie war kaum noch ansprechbar. Ein Notarzt musste her und ihr eine Beruhigungsspritze geben. Anschließend wurde sie zur weiteren Beobachtung ins Krankenhaus Klosterhausen gebracht. Martina hatte noch erfahren, dass Monika Freese, so hieß die Mutter, ganz in der Nähe alleine lebte und fast täglich ihre Tochter und ihren Enkel besuchte. Frau Freese war bei ihrem heutigen Besuch tragischerweise zu einem Zeitpunkt erschienen, als die Beamten noch keine weiteren Informationen über Angehörige der beiden Todesopfer hatten. Dieser Umstand schmerzte Christian Landau sehr. Er hätte Frau Freese die Todesnachricht nach seiner Vorstellung gern vorbereitet überbracht. Er war sicher, dass Frau Freese dieses fürchterliche Entsetzen nie wieder vergessen würde.
Lukas Grote und Kai Gellert waren in ihren Bemühungen nicht sehr weit gekommen, dem Täter mehr über die Tat entlocken zu können, als den stereotyp wiederholten Satz: „Der Meister sagt, sie mussten tot."
Christian Landau war sich mit Staatsanwalt Rautenberg schnell einig, dass hier offensichtlich ein psychisch Kranker die grausamen Morde begangen hatte. Dr. Feininger, langjähriger Chefarzt im Krankenhaus Klosterhausen für die psychiatrische Abteilung, bestätigte diese Vermutung nach einer Kurzbegutachtung des Tatverdächtigen.
Rechtsmediziner Arndt stellte durch die noch am selben Tag in der Pathologie des örtlichen Krankenhauses durchge-führten Obduktionen die Todesursachen eindeutig für beide Opfer fest.

Bei Sandra Storch war es ein Herzstich, der neben vielen weiteren Stichverletzungen in die Lunge dem Opfer keine Chance auf ein Überleben gegeben hatte. Die vollständig durchtrennte Halsschlagader bei ihrem Sohn Tim war von ebenso brutaler Wirkung.

Noch am späten Nachmittag wurde Gottfried Storch dem Amtsgericht vorgeführt. Der Haftrichter folgte dem Antrag von Staatsanwalt Rautenberg, den Tatverdächtigen mit einem Unterbringungsbefehl in die forensische Fachklinik zu schicken. Unmittelbar nach der Verkündung dieses Beschlusses brachte ein Krankenwagen Gottfried Storch in Begleitung eines Polizeibeamten in die Fachklink nach Neustadt, wo eine genauere psychiatrische Begutachtung des Mannes erfolgen sollte. Zumindest so lange würde Storch in der geschlossenen Abteilung dieser Fachklinik untergebracht sein. Christian Landau ahnte, dass Storch auch nach dem Prozess beim Landgericht dort würde leben müssen. Landau hatte durch seine Arbeit in der Mordkommission Klosterhausen viele der Insassen kennengelernt, weil sie ähnliche Taten wie Storch begangen hatten.

Einer von ihnen war schon bereits seit über dreißig Jahren dort. Nicht therapierbar, das war für diesen Mann das folgenschwere Ergebnis der während dieser langen Zeit in bestimmten Abständen wiederholten Begutachtungen.

Ein solches Gutachten bedeutete in seiner Konstanz: Weggesperrt für immer!

Ob es Gottfried Storch ähnlich ergehen würde, das konnte an diesem Tag niemand sagen.

*

„Kein Wunder, dass dieser nette Herr Landau mit seinen Leuten es nicht schafft, dir deinen Ex vom Halse zu halten", schimpfte Hendrik, als er Laura bei ihren Eltern aufsuchte. Als er dann noch erfuhr, was mit Lauras Auto passiert war, da war er völlig außer sich. „Sowas geschieht alles unter den Augen der Polizei. Na warte, denen werde ich einheizen. Das sind doch echte Dilettanten."

Laura war unschlüssig. Einerseits empfand sie Martina Bell gegenüber so etwas wie Vertrauen, andererseits musste sie aber feststellen, dass die Polizei bisher keinesfalls dazu beigetragen hatte, damit Stefan Zachert sein hinterhältiges Treiben unterlässt. Eher das Gegenteil war der Fall. Lauras Eltern nahmen wahr, dass ihre Tochter hin- und hergerissen war.

Maren und Sören Köster lernten an diesem Tag Hendrik kennen, Laura war diesbezüglich recht schweigsam gewesen. Das forsche Auftreten Hendriks gefiel beiden nicht so recht. In gewisser Weise der heimischen Polizei wohlwollend und schon gar nicht auf Konfrontation mit der Behörde eingestellt, war es Sören Köster, der Hendrik Deylen ein wenig die Luft aus den Segeln nehmen wollte. Sören wäre eigentlich schon längst wieder zur Arbeit gegangen, die Situation zu Hause hinderte ihn jedoch daran. Er, ein besonnener Mann, der immer aufrecht und redlich durchs Leben gegangen war, mochte keine Scherereien mit der Polizei. Und wenn Hendrik sich nun mit den Beamten bekriegen würde, dann sah Köster seine Tochter plötzlich involviert. Das wollte er unbedingt vermeiden und sagte zu Hendrik: „Ich finde es nicht richtig, wenn Lauras Schicksal von Ihnen herangezogen wird, um Ihre eigene Auseinandersetzung mit der Polizei zu führen."

Hendrik Deylen schaute verdutzt. Das hatte er nicht erwartet. Er dachte, die Eltern würden ihm zustimmen. Patzig entgegnete er: „Ich benutze Laura nicht, um eine Auseinandersetzung zu führen, Herr Köster. Ich finde aber, dass man sich nicht alles gefallen lassen muss."

„Genau", stellte Sören Köster nun richtig, „ganz genau, Herr Deylen. Ich habe die Szene vorhin beobachtet, als Sie mit dem Kripo-Mann aneinander geraten sind. Vorher haben Sie wie wild fotografiert, die arme Frau und den

Beamten, der ihr wohl offensichtlich etwas Schlimmes sagen musste. Das war eine richtige Tragödie, die ich dort beobachtet habe. Und Sie hatten nichts anderes zu tun, als mit der Kamera einfach draufzuhalten. Das gehört sich nicht, Herr Deylen. Das hat die Frau da drüben nicht verdient, dass Sie ihr Leid auch noch aufnehmen, um es in die Zeitung zu bringen. Da unterscheiden Sie sich überhaupt nicht von einem Gaffer an einer Unfallstelle."

Nun hatte sich der sonst immer besonnene Sören Köster doch in Rage geredet. Um seinen deutlichen Worten noch einen wichtigen Punkt draufzusetzen, sagte er fast schon drohend: „Ich rate Ihnen dringend, lassen Sie meine Tochter draußen vor."

„Vati!", unterbrach Laura, „Hendrik will doch nur, dass ich Ruhe vor Stefan habe. Er will mir doch nicht schaden."

Hendrik, der von der Wucht von Herrn Kösters Worten echt überrascht war, nickte nur und schluckte trocken.

„Dann soll er auch nicht wie ein Heißsporn agieren", maulte Sören Köster und bemerkte, wie seine Frau verzweifelt ausrief: „Leute, wir müssen uns hier doch nicht streiten. Gegenüber ist etwas ganz Schlimmes passiert, und wir kriegen uns hier in die Wolle. Das kann nicht sein."

„Das stimmt", lenkte Sören nun ein und mit einem Blick auf seine Tochter machte er einen Vorschlag: „Ich kenne Stefan Zachert doch auch ganz gut. Ich stelle mir vor, dass ich mit ihm heute noch ein ganz deutliches Gespräch haben werde. Einverstanden?"

Laura stimmte zu. Sie war froh, dass die Auseinandersetzung nicht weiter eskalierte. Um sie auch nicht wieder aufkeimen zu lassen, drängte sie Hendrik kurz darauf zum gemeinsamen Aufbruch.

Sören Köster war an diesem Tag nicht richtig bei der Sache, als er nachmittags wieder zur Schule ging, um seiner Hausmeistertätigkeit nachzugehen. Eigentlich hatte er sich vorgenommen, die Graffiti-Schmierereien an den Kabinentüren der Jungentoiletten zu entfernen. Die zum Teil obszönen Darstellungen hatten neben der Tatsache, dass die Toilettenanlagen der Klosterhausener Gesamtschule in einem absolut nicht mehr zeitgemäßen Zustand und stark erneuerungsbedürftig waren, zu sehr ernsthaften und kontroversen Diskussionen innerhalb des Lehrergremiums, aber auch beim letzten Elternabend geführt. Die Forderung mancher Eltern ging so weit, dass die jeweilige Pausenaufsicht durch die Lehrer sich auch auf die Toilettenräume erstrecken sollte. Ersatzweise müsste die Stadt Kontrollpersonal einstellen, das seine Aufgabe ähnlich wie in den Toilettenanlagen des Klosterhausen Centers direkt vor den Räumen wahrnimmt.

Es fehle nur noch der Teller für das Toilettengeld, war die entrüstete Reaktion der Schulleitung. Der Weg hin zur Übernahme der Toilettenkontrolle durch die hinlänglich bekannten und offensichtlich kriminell, weil in den meisten Fällen ausbeuterisch organisierten osteuropäischen Firmen, sei dann nicht mehr weit. Die hitzigen Diskussionen hatten zu keinem brauchbaren Ergebnis geführt. Am Ende war der klar formulierte Auftrag an Hausmeister Sören Köster gegangen, die Schultoiletten künftig mehrfachen Kontrollen zu unterziehen und schon kleinste Schmierereien oder sonstige Sachbeschädigung ohne zeitlichen Verzug zu entfernen oder sonst zu beheben.

Konrektor Simoneit, ein mehr in hochtheoretischen Erörterungen verhafteter Lehrer mittleren Alters, hatte Hausmeister Köster dann noch gründlich das Konzept der Broken-Windows-Theorie erläutert und ihn ermahnt, niemals nachlässig zu werden. Fortan war das Thema Toilettenpflege für Sören Köster ein rotes Tuch. Er hätte den einen oder anderen Schüler, der bei Missetaten in den Toilettenanlagen erwischt worden wäre, an den Pranger gestellt, die Eltern umfassend informiert und die Schmierereien unter Aufsicht vom Verursacher selbst entfernen lassen. Aber nein, Simoneit hatte gegen eine

solche Vorgehensweise wieder eine Theorie. Wenn auch schon stark in die Jahre gekommen, entsprach die inaktuelle „Labeling-Aproach-Theorie" aus der Kriminologie genau dem Gesellschaftsbild des eigenartigen Konrektors. Nach dieser Lehre befürchtete er eine kriminelle Stigmatisierung dieser Schüler. Nur wegen eines derartig bedeutungslosen Deliktes wie eine Schmiererei könne man das Leben eines Schülers nicht negativ beeinflussen.
Köster ärgerte sich auch an diesem Tag über diese nach seiner festen Überzeugung lebensfremde Lehrereinstellung und schimpfte in sich hinein, als er das pubertäre Gekritzel und Gesprühte in den Kabinen betrachtete. Nein, an diesem Nachmittag wollte er sich nicht mehr darum kümmern. Er hatte Wichtigeres zu tun. Mehr als pünktlich verließ er die Schule.
Am Klosterplatz herrschte reges Treiben, als Sören Köster dort auftauchte. Doch der Schulhausmeister interessierte sich nicht für die Auslagen der Geschäfte. Er steuerte direkt auf den Eingang des Büros der Elmshorner Versicherung zu. Mareike Tönnes war gerade im Begriff, gegen 17.00 Uhr Feierabend zu machen und nach Hause zu gehen. Die Büroangestellte öffnete die Bürotür, als Sören Köster plötzlich vor ihr stand.
„Haben Sie einen Termin?", fragte sie in einem Ton, der alles andere als einladend wirkte. Doch Köster ging kaum auf die Frage ein und drückte sich an ihr vorbei ins Empfangsbüro. „Nein, keinen Termin, aber ein Anliegen. Ein sehr wichtiges. Wo ist Stefan?"
Einen Augenblick stockte die überraschte Mitarbeiterin von Bezirksleiter Zachert. Ihr rundes Gesicht lief puterrot an, was unter den blonden Haaren eine besonders auffällige Wirkung entfaltete. Dann bellte die junge Frau den Besucher an: „Sie können hier nicht einfach reinstürmen! Besorgen Sie sich morgen einen Termin und…"
„Nichts werde ich, Mädchen", fauchte Köster ärgerlich, „ich muss mit Stefan Zachert reden, und zwar sofort."

„Das geht jetzt nicht, er hat gerade ein Kundengespräch und das dauert noch sehr lange", entgegnete Mareike Tönnes, während sie wieder ins Büro zurückgegangen war, um Köster am weiteren Eindringen zu hindern. Das war jedoch zwecklos. Köster schob sie an die Seite und drängte zur hinteren Tür, wo er das Büro des Chefs vermutete. Er hörte noch drohende Worte der Bürohilfe, dass sie die Polizei rufen werde, wenn er nicht sofort verschwände. Das kümmerte ihn nicht. Augenblicke später stand er im Büro des Mannes, von dem er angenommen hatte, dass dieser einmal sein Schwiegersohn werden würde. Zachert zeigte sich überrascht und unterbrach sein Gespräch mit Erwin Gassner, das er an einem kleinen Tisch in Fensternähe führte. Gassner, der erfolgreiche Geschäftsmann und Großkunde Zacherts, schaute sauer auf. Er mochte keine Unterbrechungen. „Zeit ist Geld", pflegte der Pächter von insgesamt sieben Freien Tankstellen in der Umgebung zu sagen. Er hatte es vom kleinen Tankwart zum Chef eines florierenden Unternehmens gebracht und er hasste es, wenn ihm jemand die Zeit stahl.

„Sören, was machst du hier?" Seit einem gemütlichen Grillabend vor zwei Jahren duzten sich Köster und Zachert. In dieser Situation war das jedoch nicht von Belang. Die Empörung in der Frage war auch für Erwin Gassner unüberhörbar. Er bekam ungefiltert mit, worum es bei dem Besuch Kösters ging. Der legte nämlich sofort los. „Das fragst du noch? Seit Wochen terrorisierst du meine Tochter. Du hast sie geschlagen. Du hast ihr im Urlaub an der Ostsee nachgestellt. Du hast sie nachts angerufen und bedroht. Du hast ihr nachts den Schlüsseldienst bestellt, um sie zu stören. Und heute hast du ihren Wagen mutwillig beschädigt. Du hast die Auflagen des Gerichts nicht befolgt, dass du dich ihr nicht nähern darfst. Du fragst noch, was ich hier will? Ich kann es dir sagen, Freundchen. Lass meine Tochter endlich in Ruhe! Verstanden?"

Stefan Zachert stand nur wenige Augenblicke ruhig da, seine blauen Augen funkelten vor Wut. Dann zeigte er mit dem ausgestreckten rechten Arm in Richtung Bürotür. Er schrie den ungebetenen Besucher an: „Raus! Sonst mach' ich dir Beine!" Bei diesen Worten ging er einige Schritte auf Köster zu. Er zeigte keinerlei Skrupel, dem etliche Jahre älteren Mann zwei Fausthiebe zu versetzen, einen in die Magengrube, den anderen ins Gesicht. Als ehemaliger Kampfsportler wusste er genau, welche Schläge die gewollte Wirkung entfalteten und konnte sie auch dosieren, dass schlimmere Folgen ausblieben. Sören Köster, von dem Angriff sichtlich geschockt, krümmte sich zunächst und hielt sich dann die linke Hand an die Lippen, weil er merkte, dass es dort blutete. Mit einem mehr gemurmelten „Du altes Schwein" drehte er sich um und eilte an der an ihrem Platz wartenden Mareike im Empfang vorbei auf den Klosterplatz.

Mareike Tönnes hatte in ihrer Aufregung die Polizei angerufen. Die erschien zwar recht zügig mit zwei Beamten, aber Zachert hatte den Störenfried bereits vertrieben.

Erwin Gassner nahm wahr, als Polizeikommissar Ruhländer fragte, wer denn der ungebetene Besucher gewesen sei. Die Reaktion auf die Antwort Zacherts erstaunte ihn. „Bei all dem, was Sie seiner Tochter angetan haben, sollten Sie damit rechnen, dass der Vater mal ausrastet", entgegnete der Polizist sehr ernst. Und dann fast drohend: „Sie sollten sich überlegen, ob Sie so weitermachen wollen. Das geht nicht gut aus. Glauben Sie mir."

Die Angriffe Zacherts auf Laura Köster waren jedem Polizeibeamten Klosterhausens bekannt. Oberkommissarin Bell hatte in dem täglich erscheinenden und jedem Beamten als verpflichtende Lektüre zur Verfügung stehenden regionalen Lagebericht den Stalking-Fall Zachert/Köster ausführlich geschildert. „Wollen Sie Strafantrag wegen

Hausfriedensbruchs stellen?" fragte Ruhländer, als er die Daten des Einsatzes notierte.

„Natürlich will ich das", antwortete Zachert patzig.

„Und Herr Köster wird dann wohl eine Anzeige wegen der Körperverletzung machen. Uns soll ja die Arbeit nicht ausgehen." Mit dieser ironisch gemeinten Bemerkung verabschiedete sich der Polizist, dessen Kollege Jochen Sand unterdessen Mareike Tönnes im Empfang befragt hatte.

Für Stefan Zachert ergab sich nach dem Polizeieinsatz etwas gänzlich Unerwartetes. Als er sein geschäftliches Gespräch mit Erwin Gassner fortsetzen wollte, erhob sich dieser von seinem Platz, schaute ihm sehr ernst in die Augen und sagte bedeutungsvoll: „Wissen Sie, Herr Zachert, Versicherungsangelegenheiten sind für mich auch Vertrauensangelegenheiten. Nach dem, was ich mir eben mit anhören musste, habe ich aber kein Vertrauen zu Ihnen. Guten Tag!"

Konsterniert nahm Zachert wahr, wie sein guter Kunde Gassner mit forschen Schritten das Büro verließ. Drei große Abschlüsse waren für heute geplant gewesen. Die in Aussicht stehenden lukrativen Provisionen dafür sah der rührige Bezirksleiter der Elmshorner nun in weite Ferne gerückt.

*

Kurz vor Geschäftsschluss war der Laden voll. Das war fast täglich so in Zacherts Feinkostgeschäft am Anfang der Fußgängerzone. Die Fischfrikadellen, insbesondere die mit Krabben oder Lachs, waren die Spezialitäten schlechthin in Klosterhausen und Umgebung. Aber auch die Vielfalt der tollen Grillspezialitäten und der Salate konnte keines der sonstigen Kaufhäuser, Schlachter und Lebensmittelmärkte auch nur annähernd bieten. Das einzigartige Angebot hatte Zacherts Feinkost groß gemacht. Ein alt eingesessenes

Geschäft, das mit der Zeit gegangen war und dessen treue Stammkundschaft dies honorierte. Wer etwas auf sich hielt in Klosterhausen und es sich leisten konnte – und das waren so einige – der kaufte dort. Aber auch immer neue Kunden fanden den Weg in das Feinkostgeschäft der besonderen Art, wie Friedrich Zachert immer wieder stolz betonte. Als Geheimtipp für Feinschmecker wurde die Schlemmeradresse in der Fußgängerzone schon lange gehandelt.

In dem großen, hell gekachelten Laden standen acht Kunden geduldig in einer Reihe bis zur großzügigen Glasfront des Kühltresens, hinter dem Friedrich Zachert mit seiner Frau Marianne freundlich wie immer bedienten. Der Sohn Klaus packte im Kühllagerraum hinter dem Tresen gerade die neue Lieferung der leckeren Krakauer Grillwurst aus, als eine ungewöhnliche Unruhe den routinierten Arbeitsablauf störte. „Bitte hinten anstellen", forderte die ältere Stammkundin vorne am Tresen den Mann auf, der sich an allen Wartenden vorbei bis nach vorne gedrängelt hatte. Andere Kunden raunten und schüttelten verständnislos den Kopf. Erst als der Mann sie kurz ansah, bemerkten sie, dass er im Mundbereich blutverschmiert war.

Sören Köster baute sich vor dem Tresen auf und sprach Friedrich Zachert laut an. „Das hat Ihr lieber Sohn Stefan getan. Dieser Verbrecher. Meine Tochter hat er auch geschlagen. Er verfolgt sie. Er bedroht sie. Tagsüber. Nachts. Meine Tochter kommt nicht mehr zur Ruhe. Seit Wochen schon. Was haben Sie nur für eine Brut in die Welt gesetzt, Herr Zachert." Mit jedem Wort wurde die Stimme Kösters lauter, bis sie letztlich in ein Brüllen überging.

Die Wartenden in der Schlange beobachteten die Szene erschrocken. Keiner sagte etwas und alle zuckten zusammen, als Friedrich Zachert mit dem schweren Fleischhammer, den er in unmittelbarer Nähe abgelegt hatte, auf den Tresen schlug, so dass es einen lauten Knall

gab. „ Raus hier", brüllte Zachert Senior, „raus, oder ich rufe die Polizei."
„Tun Sie das", entgegnete Köster bockig, „ich erzähle Ihren Kunden in der Zeit von Ihrem missratenen Sohn."
„Sie erzählen hier überhaupt nichts", verbat Marianne Zachert sich weitere Äußerungen Kösters mit sehr deutlichem Unterton. Marianne Zachert hatte in ihrer Ehe mit Friedrich, wie man so sagt, die Hosen an.
Nur kurzzeitig von dem plötzlichen Auftritt Kösters überrascht, hatte sie ihrem Mann erste Worte überlassen. Jetzt aber drängelte sich die resolute Geschäftsfrau mit der stämmigen Figur an ihrem im Weg stehenden Mann vorbei Richtung linke Tresenseite, wo eine halbhohe Klapptür in den Verkaufsraum führte. Es dauerte keine vier Sekunden, dann stand sie drohend vor Sören Köster. „Sie erzählen hier gar nichts mehr. Sie verschwinden hier, aber ganz schnell."
Bei diesen Worten holte sie mit der rechten Hand weit aus, um Sören Köster eine Ohrfeige zu versetzen.
Ja, so war sie, die Marianne Zachert. Nicht nur Ehemann Friedrich, auch Sohn Klaus wussten um die spontanen Gewaltausbrüche der Ehefrau und Mutter. Man sollte sie nicht zu sehr reizen, wussten beide. Nicht so Sören Köster. Eben noch wutentbrannt in den Feinkostladen gestürmt, war er nun überrascht von der Reaktion der Geschäftsfrau. Doch instinktiv wehrte er den Schlag der wütenden Frau ab und um sie an weiteren zu hindern, schubste er sie weg. Dabei stolperte sie über einen Einkaufskorb, den Stammkundin Frauke Gerulat kurz zuvor auf dem Boden abgestellt hatte, weil sie ihr Portemonnaie aus der Jacke nehmen wollte. Marianne Zachert stürzte zu Boden und blieb dort jammernd liegen.
„Ah, mein Arm. Das tut so weh! Aua!" Sie hielt sich den rechten Arm, der merkwürdig verdreht war. Offensichtlich gebrochen. Ihr Ehemann stürzte hinter dem Tresen hervor, um seiner Frau auf die Beine zu helfen. Verächtlich stieß er den verdutzten Sören Köster zu Seite. „Sehen Sie, was Sie

angerichtet haben", schnaubte er dabei. „Hauen Sie endlich ab!"

Nur zögerlich bahnte sich Köster nun einen Weg an den Kunden vorbei, von denen keiner bis auf Frauke Gerulat, Anstalten machte, der Gestürzten Hilfe zu leisten. Mit zum Teil offenem Mund verfolgten sie das Geschehen vorne am Verkaufstresen.

„Halt! Hiergeblieben!" Klaus Zachert meldete sich lautstark von der Tür zum Lagerraum und wandte sich an die Kundschaft. „Haltet ihn fest. Die Polizei kommt gleich." Klaus Zachert hatte mit seinem Handy schon den Notruf gewählt, bevor seine Mutter gestürzt war. Und tatsächlich dauerte es nur noch wenige Augenblicke, bis die Streife Ruhländer/Sand bei Zacherts Feinkost eintraf. Kurz zuvor hatten sie sich bei der Leitstelle über Funk nach dem Einsatz im Versicherungsbüro wieder bereit für weitere Aufträge gemeldet.

„Oha, sagte Erich Ruhländer trocken und flüsternd zu seinem Kollegen, als er den Sachverhalt überblicken konnte, „ich glaube, Herr Köster wird noch zum Serientäter."

Marianne Zachert wurde kurz darauf von einem Rettungswagen in das Krankenhaus gebracht, ihr Ehemann begleitete sie.

Um die weiteren Hintergründe des Geschehens, insbesondere die Ursache für die Verletzung von Marianne Zachert, zu erfahren, befragte Ruhländer Sohn Klaus und die Kunden getrennt voneinander. Wie so oft bei solchen Befragungen, gab es höchst unterschiedliche Sachverhaltsschilderungen. Von „er hat sie äußerst brutal zu Boden geschleudert" bis „sie wollte ihn schlagen und hat dabei das Gleichgewicht verloren" war alles dabei.

Währenddessen saß Sören Köster mit dem Beamten Sand im Streifenwagen. Köster war ganz ruhig geblieben, als die Polizisten kamen. Nur jetzt redete er sich wieder in Rage.

„Wie soll ich denn meine Tochter schützen? Muss denn erst etwas ganz Schlimmes passieren, bis die Polizei etwas tut?" Jochen Sand als erfahrener Schutzmann mit über dreißig Dienstjahren auf dem Buckel, wusste nur zu gut, dass Köster damit wahrscheinlich Recht hatte. Trotz der vor einigen Jahren geänderten Strafgesetze war solchen Männern wie Stefan Zachert nicht ohne weiteres beizukommen. Wenn sie darüber hinaus auch noch bereit waren, ihre persönliche und berufliche Existenz zu gefährden, dann waren die Schwerter der Justiz eher stumpf. Sand durfte Köster natürlich nicht sagen, dass sein Auftreten bei den Zacherts vielleicht dem Treiben des Stalkers Einhalt gebieten könnte. Er war unzufrieden, schwieg aber und fuhr Köster nach Hause.

9.
Christian Landau verschlug es die Sprache, als er am nächsten Tag die Schlagzeile und den Artikel über das Familiendrama im Tageblatt las:
Doppelmord in Klosterhausen!
Mordkommission schlampte!
Die Menschen in Klosterhausen sind erschüttert. Ein unvorstellbares Verbrechen wurde gestern Morgen in Klosterhausen verübt. Die dreißigjährige Sandra St. und ihr erst vierjähriger Sohn Tim sind die Opfer einer fürchterlichen Bluttat. Gottfried St., Ehemann und Vater, hat sie in der gemeinsamen Wohnung mit einem Messer ermordet. Beide Opfer sind grauenhaft verstümmelt. Nach der Tat stellte sich der Mörder bei der Polizei in Klosterhausen.
Doch die zuständige Mordkommission hielt es nicht für nötig, die Angehörigen der Opfer zeitnah zu informieren. So passierte es, dass die Mutter und Großmutter der beiden Toten erst am Tatort von dem Verbrechen erfuhr, als sie ihre Angehörigen besuchen wollte. Die Frau erlitt an Ort und Stelle einen Nervenzusammenbruch *und musste ins*

Krankenhaus gebracht werden. Der Leiter der Mordkommission, der Erste Kriminalhauptkommissar Christian Landau, behinderte unseren Reporter vor Ort bei seiner Arbeit. Er riss ihm die Kamera aus der Hand und entnahm die Speicherkarte. Das Klosterhausener Tageblatt erwägt wegen dieses ungeheuerlichen Übergriffes rechtliche Schritte gegen den Beamten.

„Das ist ja die Höhe", tobte Landau in der Frühbesprechung seines Kommissariats. Er hasste es, wenn die Presse in einer derartigen Weise über seine Arbeit urteilte. Vor vielen Jahren hatte das Tageblatt ihn und sein Team ähnlich öffentlich angegriffen, als es den Ermittlern auf Anhieb nicht gelungen war, eine Serie von brutalen Raubüberfällen in der Umgebung zu klären. *„Die Kripo lässt die Opfer im Stich! Brauchen wir eine Bürgerwehr?"* Das waren damals die Schlagzeilen, die dazu geeignet waren, das Vertrauen der Bevölkerung in die Polizei zu erschüttern. In vielen Gesprächen mit dem der Polizei sehr zugeneigten Chefredakteur Reinfeld war es schließlich gelungen, die Berichterstattung über die Arbeit der Polizei zu versachlichen. Bei der Polizei Klosterhausen wurde extra ein Beamter für die Pressearbeit bestimmt. Carsten Fedders machte diesen Job aus Leidenschaft. Er besuchte etliche Lehrgänge und war wie kaum ein anderer sehr gut in der Lage, die schwierige polizeiliche Arbeit in der Öffentlichkeit darzustellen. Fedders war auch jetzt in der Frühbesprechung, um die wesentlichen Fakten für seine Pressemeldungen zu erfahren. Er wunderte sich sehr über den Artikel.

„Meine Meldung war nüchtern und sachlich und wie immer mit dem Staatsanwalt abgestimmt", sagte er und blickte rüber zu Landau. „Stimmt das mit der Speicherkarte?"

Der kritische Unterton provozierte Landau. „Natürlich stimmt das. Ich habe sie weggenommen, weil der Typ es genau darauf angelegt hat, das Leid der Mutter in die

Öffentlichkeit zu zerren. Wahrscheinlich hat er sich daran auch noch ergötzt."

Diese Worte hörte Hubert Trensing mit. Der Kriminaloberrat und Chef der Kripo Klosterhausen hatte sich wie immer zurück gehalten und seine Leute einfach ihre Arbeit machen lassen. Nur in Ausnahmefällen mischte er sich ein. Er traf dann menschlich und fachlich einwandfreie Entscheidungen. Christian Landau verstand sich gut mit ihm. Er schätzte ihn. Beide duzten sich mittlerweile, was dem gegenseitigen Respekt keinen Abbruch tat.

Doch jetzt war etwas passiert, was den Leiter einer Dienststelle in jedem Fall in Aufruhr versetzte, weil eine gewisse Außenwirkung eingetreten war, die auch in ganz Schleswig-Holstein wahrgenommen werden konnte. Das beunruhigte Oberrat Trensing. Entgegen seiner ansonsten sehr ruhigen und besonnenen Art, Landau nannte es spröde Sachlichkeit, zeigte er sich entsetzt.

„Christian, das gibt Ärger für dich. Da kannst du dich drauf einstellen."

„Danke Hubert, es ist doch tröstlich, wenn einem der Chef so etwas sagt, anstatt einem den Rücken zu stärken", entgegnete Landau scharf.

Sein Sarkasmus wirkte noch Sekunden nach. Trensing blickte irritiert. Der schlanke Mann strich sich über sein schon leicht angegrautes Haar, rümpfte die Nase und wollte offensichtlich etwas entgegnen. Seine grün-grauen Augen blitzten auf, und Landau vermutete ein Donnerwetter.

Doch der Oberrat lenkte erst einmal ein. „Wir sollten vielleicht unter vier Augen noch einmal darüber reden, Christian."

Landau brummte daraufhin etwas Unverständliches und setzte die Frühbesprechung mit der Aufgabenverteilung fort. Er hatte sich für die Bearbeitung des Presseproblems eine eigene Lösung ausgedacht.

*

„Oh, sehen wir uns jetzt jeden Tag?" Dr. Feininger war überrascht, den Leiter der Klosterhausener Mordkommission auf seiner Station im Krankenhaus schon wieder zu sehen. Tags zuvor hatte er ja ein Kurzgutachten über Gottfried Storch erstellt und sich mit Landau ausgiebig darüber unterhalten. „Brauchen Sie von mir noch nähere Ausführungen über den Tatverdächtigen?"
„Nein, nein", antwortete Landau zögernd, „zwar betrifft es den Fall Storch schon. Aber eher indirekt."
„Nanu, Sie sprechen in Rätseln", entgegnete Dr. Feininger, zog seine dunkle Hornbrille aus der Brusttasche seines Arztkittels und setzte sie auf. Mit der Brille wirkte der Kopf des Psychiaters, bedingt auch durch das schwarze, volle Haar, noch markanter. Landau hatte sich schon mehrfach bei dem Gedanken ertappt, dass dieses auffällige Erscheinungsbild des Arztes vielleicht einen vertrauensvollen Kontakt zu seinen Patienten stören könnte. Aber durch die vielen Begegnungen mit dem sehr sympathischen Feininger wusste der Ermittler, dass das Gegenteil der Fall war. Dr. Feininger kam außerordentlich gut mit den Patienten und deren Angehörigen klar. Er war beliebt, und fachlich bundes- und landesweit anerkannt. Als bestellter Gutachter halfen seine Untersuchungsergebnisse schon seit Jahren dem Landgericht dabei, gerechte Urteile zu fällen, weil die Richter die Schuld der Angeklagten angemessen betrachten konnten.
Mit einem leichten spöttischen Lächeln im Gesicht fragte Feininger: „Den Artikel im Tageblatt habe ich natürlich gelesen, Herr Landau. Aber sowas stecken Sie doch weg, oder brauchen Sie deshalb meine fachkundige Betreuung?"
Landau war dankbar, dass Dr. Feininger schon beim Thema war. Er lächelte auch, denn er wusste Feiningers Bemerkung durchaus als nicht ernst gemeinte zu deuten. „Mir geht es um Frau Monika Freese. Sie ist doch noch hier bei Ihnen?"

Dr. Feininger nickte. „Oh, die arme Frau ist völlig am Ende. Sie wird hier noch einige Tage bleiben müssen. So kann ich sie nicht wieder nach Hause lassen. Stellen Sie sich vor, in der Nacht wollte sich auch sterben. Sie wollte zu ihrer Tochter und ihrem Enkel, wie sie immer wieder schrie. Nein, Frau Freese müssen wir erst wieder stabilisieren. Das kann dauern. Und vernehmen können Sie sie auch noch nicht. Sie kann noch keinen klaren Gedanken fassen, redet wirr durcheinander und schreit. Immer wieder. Sie durchlebt eine sehr schmerzhafte Trauer."

Jetzt kam Christian Landau zum Grund seines Besuches. „Können Sie beurteilen, wie es sich auf den Gesundheitszustand von Frau Freese auswirkt, wenn sie diese Bilder in der Zeitung sieht?"

Landau war kurz zuvor mit der Speicherkarte des Journalisten Deylen bei Kriminaltechnikerin Clarissa Scheunemann gewesen und hatte sich von ihr einige der Bilder ausdrucken lassen, die tags zuvor aufgenommen worden waren. Landau wusste nicht mehr, welche Marke die Kamera hatte, die er dem Reporter aus der Hand gerissen hatte. Aber es muss eine hochmoderne gewesen sein, wie Technikerin Clarissa ihm bescheinigte. In einer sehr hohen Bildfrequenz von bis zu vier Aufnahmen pro Sekunde waren von den dramatischen Augenblicken, als Monika Freese die wohl schlimmste Nachricht ihres Lebens erfahren hatte, insgesamt einhundertzwanzig Bilder entstanden. In den einzelnen Sequenzen der hoch aufgelösten Bilder war deutlich der verzweifelte Versuch von Frau Freese zu sehen, in das Haus ihrer Tochter zu gelangen und auch, wie Landau sie daran hinderte. Dann das ungläubige Gesicht der Verzweifelten, das Erstarren der Gesichtszüge und – Christian Landau hörte es auch am Tag danach noch in seiner Erinnerung - das bitterliche, laute Schmerzschreien dieser Mutter. Schließlich das kraftlose Zusammensinken der armen Frau und Landaus Bemühungen, sie beim Fallen aufzuhalten.

Er hielt die ausgewählten Bilder dem Psychiater hin. "Was meinen Sie? Darf so etwas in die Zeitung?"
Schweigend schaute Dr. Feininger sich die Aufnahmen an und schüttelte seinen Kopf. „Nein, ganz klar nein", antwortete er. „Wenn meine Patientin diese Bilder sieht, dann muss ich mit einer Behandlung eigentlich gar nicht erst anfangen. Dadurch wird Frau Freese wieder auf den Punkt gebracht, an dem alles losging. Sie würde immer wieder dahin zurückfallen. Und, ganz wichtig, sie kann auch nicht lernen, diese Aufnahmen zu ertragen."
„Danke, Dr. Feininger, es war mir klar, dass sie es so sehen. Ich wollte es nur noch einmal bestätigt haben." Landau blickte dem Arzt sekundenlang sehr ernst in die Augen. „Ich habe es schon so gesehen, als ich dem Fotografen die Kamera abgenommen habe."

*

„So geht das nicht, Christian." Die Zurechtweisung durch Hubert Trensing war ernst gemeint. Die beiden Männer saßen sich am Schreibtisch des Oberrats gegenüber, um das von Trensing geforderte Vieraugengespräch zu führen. Es war gegen 18.00 Uhr, also schon weit über den offiziellen Dienstschluss hinaus. Vorher hatte Landau keine Zeit gehabt, er war erst eine Viertelstunde zuvor wieder in seinem Büro erschienen. Und sein Vorgesetzter hatte ihn abgepasst. „Wir müssen reden", war seine Einladung gewesen.
„Was meinst du damit?" Landau reagierte bockig auf die Worte Trensings. Er ahnte, dass er damit Ungemach auslöste. Doch er war genau in der Stimmung dafür. Zuviel hatte er an diesem Tag an einfach nur nervenden Aufräumarbeiten, wie er es nannte, durchführen müssen.
„Das weißt du genau. Du kannst mich nicht vor deinen Mitarbeitern so unsachlich kritisieren. Das gehört sich einfach nicht."

„Stimmt", pflichtete der Gescholtene seinem Chef bei. Doch wenn Hubert Trensing nun dachte, dass das Gespräch einen versöhnlichen Fortgang versprach, so sah er sich im nächsten Augenblick getäuscht. Landau fuhr fort: „Das tue ich auch nicht wieder, wenn du mich nicht ebenfalls in Gegenwart meiner Mitarbeiter bloßstellst?"
„Was soll ich gemacht haben? Das musst du mir schon erklären."
„Du hast die Bemerkung gemacht, dass es gewaltig Ärger geben wird für mich. Damit hast du dir ein Urteil erlaubt, ohne die Fakten genau zu kennen."
„Ja, was glaubst du denn, was heute hier los war. Sogar das Innenministerium ließ nachfragen. Die haben dort in den letzten Monaten eine recht dünne Haut bekommen, wenn es um Polizisten geht, die nicht so richtig in der Spur sind. Möglich, dass ich ein disziplinares Prüfverfahren gegen dich einleiten muss. Und vom Tageblatt könnte auch was kommen, wie in der Zeitung zu lesen war."
„Soso, da war ich wohl nicht richtig in der Spur, Hubert", sagte Landau fast geflüstert und dennoch scharf. Er merkte, wie die Wut in ihm hochkroch. „Das sind also deine Sorgen. Was könnte wohl im Ministerium gedacht werden? Ich glaube, du hast nur die Sorge, dass dir niemand an den Karren pinkeln kann. Du leidest wie viele andere Polizeichefs auch unter der Urangst im leitenden Polizeidienst."
Hubert Trensing war überrascht von der massiven Kritik des Kommissariatsleiters, er schaute ihn verstört an. „Wie meinst du das?"
„Hoffentlich passiert nichts, was meine Karriere gefährden kann", antwortete Landau unverblümt. „Das ist die Urangst, die ich schon bei so vielen Vorgesetzten gesehen habe. Und nun bei dir."
Der Oberrat fasste sich nach wenigen Momenten und konterte: „ Es geht nicht um meine Karriere, Christian. Es

geht darum, dass du offensichtlich Mist gebaut hast, als du den Reporter angegriffen hast."

„Ich will dir zeigen, worum es mir geht", kam von Landau zurück. Er zog den Umschlag mit den Fotoaufnahmen aus einem braunen Couvert, das er die ganze Zeit in der Hand gehalten hatte. Mit Wucht legte er seinem Chef eine Aufnahme nach der anderen auf den Schreibtisch und wurde laut: „Hier, diese Aufnahmen sollten nicht in die Öffentlichkeit. Nicht weil ich darauf zu sehen bin, sondern weil diese arme Frau gerade etwas durchmacht, was man sich überhaupt nicht vorstellen kann. So etwas darf nicht in die Zeitung."

Trensing starrte auf die Bilder, er schluckte trocken.

„Der Chef der Psychiatrie teilt übrigens meine Meinung", ergänzte Landau und sammelte die Aufnahmen wieder ein.

„Ja, aber die Zeitung, die will doch…"

„Chefredakteur Reinfeld will nichts, gar nichts", wurde Hubert Trensing unterbrochen. „Ich habe ihm vorhin diese Aufnahmen gezeigt. Er sieht das genauso wie Dr. Feininger. Das kann man nicht veröffentlichen. Das wird er auch nicht tun."

Nach einer kurzen Pause, in der Oberrat Trensing förmlich anzusehen war, wie es in ihm arbeitete, ergänzte Landau: „Die Speicherkarte hat er von mir auch zurück. Und mit seinem Heißspornreporter will er noch einmal alles besprechen. Du würdest es wohl ein Förderungs- und Beratungsgespräch nennen."

Das Vieraugengespräch war beendet. Hubert Trensing ahnte, dass dieses wohl nicht das letzte mit Christian Landau gewesen sein dürfte.

10.
Bert Cramer redete nicht lange drum herum. Er war geladen und ließ seiner Empörung freien Lauf. Unverzüglich nach dem Besuch von Erwin Gassner in der Hauptstelle der

Elmshorner hatte er sich mit seinem schwarzen 5er BMW-Dienstwagen auf den Weg nach Klosterhausen gemacht.

„Das war's, Herr Zachert. Packen Sie Ihre Sachen und verlassen Sie unverzüglich unser Büro", schleuderte er dem Bezirksleiter der Elmshorner Versicherung schon beim Eintreten in dessen Büro entgegen. Stefan Zachert verstand nicht. „Was meinen Sie, Herr Cramer? Warum soll ich meine Sachen packen und verschwinden?"

„Ich habe Sie gewarnt! Und vor einer Stunde war Erwin Gassner bei mir in Elmshorn. Nach der Vorstellung gestern bei Ihnen weigerte er sich, mit Ihnen überhaupt noch einen Vertrag abzuschließen. Ich habe Sie gewarnt. Sie sind ab sofort von weiteren Tätigkeiten für die Elmshorner Versicherung freigestellt. Ihre Kündigung bekommen Sie in den nächsten Tagen schriftlich. Ihnen wird untersagt, unsere Räumlichkeiten, also auch dieses Bezirksbüro hier in Klosterhausen, bis auf Weiteres zu betreten."

„Das kann doch nicht wahr sein", empörte sich Zachert, „da kommt hier ein durchgeknallter Mann in mein Büro, behauptet dummes Zeug, und ich werde an den Pranger gestellt."

„Ich habe mich bereits bei der Polizei in Klosterhausen erkundigt, Herr Zachert. Da gab es weitere Vorfälle, die man durchaus unter dem Begriff ‚Stalking' einstufen kann. Und was hatte ich Ihnen dazu angekündigt? Wissen Sie das nicht mehr? Das war's, machen Sie, dass Sie hier verschwinden. Sofort und auf der Stelle! Alles Weitere kriegen Sie schriftlich von uns."

Nur zögernd packte Stefan Zachert seine persönlichen Sachen in seinen dunkelblauen Pilotenkoffer. Mit hochrotem Kopf machte er das. Er wusste, dass er Direktor Cramer in diesem Moment nicht mehr umstimmen konnte. Bert Cramer war für seine konsequenten Maßnahmen bekannt.

Die zog er knallhart durch, wenn ein Mitarbeiter das sehr positive öffentliche Ansehen der Elmshorner Versicherung geschädigt oder zumindest gefährdet hatte. Und das machte natürlich innerhalb der Versicherung schnellstens die Runde. So war es erst vor gut einem Monat gewesen, als in Flethstedt das Gerücht umlief, dass der Einbruch in das Obst- und Gemüsegeschäft Petersen überhaupt nicht stattgefunden habe. Die hohe Schadenssumme von über neuntausend Euro, angeblich als Diebesgut unter anderem eine hochmoderne Touch-PC-Kasse für mehr als zweitausend Euro und eine nagelneue Etikettierwaage zum Preis von über eintausend Euro, sei in betrügerischer Absicht von dem Geschäftsinhaber Lür Petersen an die Elmshorner Versicherung gemeldet worden.

Der Polizei war bekannt, dass das Gemüsegeschäft Petersen, vor Jahren einmal Ziel eines schlimmen Raubüberfalls, kaum Gewinne abwarf. Petersen selbst war es, der Widersprüche in seinen Angaben zum Diebesgut nicht klären konnte, schließlich die Nerven verlor und eine umfassende Aussage machte, die nicht nur ihn belastete. Ein Außendienstmitarbeiter der Elmshorner habe ihn geradezu verführt, zunächst den Geschäftseinbruch an sich zu erfinden, entsprechende Tatspuren zu legen und bei polizeilicher Aufnahme des Tatortes eine Schadenssumme maximal im vierstelligen Bereich zu nennen, weil die versicherungsinternen Prüfungen bei dieser Summe sehr oberflächlich seien. Das angebliche hochwertige Diebesgut gäbe es überhaupt nicht. Die Schadenssumme habe Gemüsehändler Petersen vereinbarungsgemäß mit dem Außendienstmitarbeiter teilen sollen.

Nachdem die in diesem Fall ermittelnden Sachbearbeiter der Kripo Klosterhausen in der Hauptstelle vorstellig geworden waren, um die sonstigen beruflichen Tätigkeiten des beschuldigten Mitarbeiters zu klären, dauerte es keine zwei Stunden, und der Mann war fristlos entlassen. Das alles geschah nicht etwa still und diskret im Chefbüro, nein, Bert Cramer suchte den Mitarbeiter in seinem Büro auf und feuerte ihn bei offener Bürotür und mit einer Lautstärke, die kaum zu überbieten war.

*

Laura glaubte, ihren Ohren nicht trauen zu können, als sie abends von ihrer Mutter angerufen wurde. Sie erfuhr, was ihr Vater am Vortag im Büro von Stefan und dann noch in Zacherts Feinkostgeschäft angestellt hatte. Betroffen sagte sie: „Ach, hätte ich euch doch nur nichts von alledem erzählt. Nun hat Vati noch Schwierigkeiten wegen mir."
Maren Köster seufzte. „In der Schule ist es natürlich auch schon rum. Sören war gleich morgens beim Direktor und hat es erzählt."
„Oh, an die Schule habe ich noch gar nicht gedacht", stellte Laura entsetzt fest. „Und was sagen die in der Schule?"
„Wahrscheinlich passiert nichts. Sören hat dem Direktor alles erzählt, auch, dass Stefan ihn geschlagen hat, als er ihn zur Rede stellen wollte. Sein Ziel war, dass Stefan dich in Ruhe lässt. Als dein Vater sei es seine verdammte Pflicht und Schuldigkeit, zumal die Polizei nicht so richtig etwas unternehmen konnte."
Laura merkte, dass ihr bei den Worten ihrer Mutter die Tränen über die Wangen liefen. „Aber jetzt hat Vati Ärger mit der Polizei, und alles wegen mir", schluchzte sie.
„Nein, nicht wegen dir, sondern wegen Stefan. Und die Sache mit der Anzeige wird wohl auch nicht so schlimm."
„Wieso? Er ist doch angezeigt worden." Laura war verunsichert.
„Sören war heute Mittag noch bei einem Rechtsanwalt. Der Schuldirektor hatte ihm empfohlen, sich vom Anwalt beraten zu lassen. Als Sören dann vom Anwalt wieder kam, da war er ganz gelassen."
„Was sagt der Anwalt denn?"

„Er meint, dass die Sache wohl schnell eingestellt wird. Bei dem Hintergrund sei eigentlich nichts anderes zu erwarten. Jedenfalls wird es nicht schlimm für Sören."

„Puh! Hoffentlich stimmt das", meinte Laura und wollte das Gespräch beenden.

„Du, da ist noch etwas", sagte Maren Köster. Ihre Stimme klang nun irgendwie begeistert. „Die Schüler in der zehnten Klasse haben auch von Sörens Auftritt gestern gehört und ihn darauf angesprochen."

„Oh, nee, näh", war Lauras Reaktion.

„Sören hat denen unverblümt erzählt, warum er das gemacht hat. Er sagt, die Schüler sind mächtig stolz auf ihren mutigen Hausmeister." Laura musste schmunzeln.

Ihre Mutter ergänzte zum Abschluss des Telefonats: „Sören ist jetzt wieder gut drauf. Und um deinen ‚Knut' kümmert er sich morgen."

*

Es war schon fast neun Uhr abends, als Hendrik bei Laura zu Hause vorbei kam. Er wirkte bedrückt und kam sehr schnell zum Thema. „Es war ein ganz schlimmer Tag heute. Nein, eigentlich war gestern auch schon schlimm."

Laura verstand nicht. „Was meinst du? Was ist geschehen?"

„Du weißt doch, gestern hat mich dein Vater vorgehabt. Und heute war es Reinfeld, mein Chef."

„Warum? War es wegen des Artikels in der Zeitung?" Laura dachte sich, dass es darum gegangen war.

„Ja, genau. Chefredakteur Reinfeld war mit dem Artikel überhaupt nicht einverstanden. Dabei hatte sein Vertreter ihn gestern für gut befunden und mich gelobt."

„Hat es irgendwelche Auswirkungen für dich?", fragte Laura besorgt.

„Ja, hat es. Ich darf ab sofort keine Berichte mehr in Polizeisachen schreiben, weil ich angeblich das gute

Verhältnis des Tageblattes zur hiesigen Polizei gestört habe."
„Oh, das ist nicht gut. Welchen Bereich machst du denn jetzt?"
Hendrik ließ seinem Frust freie Bahn. „Freiwillige Feuerwehren, Kaninchenzuchtverein, Jubiläen und all die ganz wichtigen Sachen. Gleich muss ich noch nach Bansdorf. Jahreshauptversammlung des Windparkvereins. Der Vorsitzende gibt mir nach der Versammlung noch ein Interview."
Lauras Stimmung hatte sich durch Hendriks Besuch nicht sonderlich verbessert. Sie ging zeitig zu Bett, konnte jedoch zunächst nicht einschlafen. In der Nacht kam er wieder, der böse Traum:
Sie will eine Tür schließen, aber es gelingt ihr nicht. Sie versucht es immer wieder, drückt sie zu und verspürt Gegendruck. Etwas ist da, was sie sehr ängstigt.
Schweißgebadet wachte Laura auf. Sie zitterte, bekam kaum Luft. Ihr Herz raste. Angst war da, wurde immer stärker. Etwas drückte aufs Herz. Es raste schneller. Die Hände kribbelten plötzlich.
Das hatte Laura doch schon alles gehört. Sie richtete sich auf. Klar, es musste sich um einen Herzinfarkt handeln, wusste sie nun. Sie spürte die Angst, dass sie nun gleich hier ganz allein sterben würde. Niemand könnte helfen, niemand. Gleich würde sie tot sein. „Oh, Gott", haderte Laura mit sich selbst. „Warum ich? Warum jetzt? Ich bin doch noch so jung." Sie verhielt sich ganz ruhig, bewegte sich nicht, wartete, dass der Tod sie holte.
Nach gut dreißig Minuten schlug ihr Herz wieder ruhiger. Sie konnte normal atmen, schwitzte nicht mehr. Das Kribbeln in den Händen hatte auch aufgehört. Ein Gefühl der Erleichterung wollte sich bei ihr jedoch nicht einstellen. Zu groß war die Furcht, dass alles noch einmal passieren könnte.

Es war jetzt halb vier morgens. Laura stand auf und machte sich fertig für den Tag. Ihr Urlaub war noch nicht zu Ende, aber eigentlich hatte sie sich vorgenommen, schon am nächsten Tag wieder in die „Lesefreude" zu gehen. Doch jetzt hatte sie zunächst ein anderes Ziel. Ihr Hausarzt Dr. Hellrich öffnete seine Praxis in der Klosterallee schon sehr früh, um rechtzeitig ab acht Uhr die Patienten behandeln zu können. Dr. Hellrich würde ihr sicher helfen können.

*

„Nein, Laura, da ist nichts Auffälliges", erklärte Dr. Hellrich seiner Patientin in beruhigenden, einfühlsamen Worten. Er war seit vielen Jahren auch der Hausarzt von Familie Köster, hatte Laura sozusagen aufwachsen sehen. Nachdem er Laura ganz genau zugehört hatte, prüfte er zunächst den Blutdruck, horchte Brust und Rücken ab und machte schließlich ein EKG. „Es ist alles in Ordnung, Laura, du musst dir keine Sorgen machen."
Es war für Laura Köster eher ein Zeichen von Vertrautheit, dass ihr Arzt nicht vom ‚Du' zum ‚Sie' übergegangen war, als Laura erwachsen wurde. Diesem Arzt konnte sie wirklich alles sagen, was ihr auf der Seele brannte. So wusste er jetzt auch von der gescheiterten Beziehung zu Stefan und versuchte, hierin eine Erklärung für Lauras Beschwerden zu finden.
„Eine Trennung bereitet immer Schmerzen", sagte er. „Und wenn dein Stefan sich nicht daran hält, dass alles vorbei ist, dann bleiben auch die Schmerzen, die seelische Verletzung. Es kann gut sein, dass dein Körper so auf das alles reagiert."
Laura hörte zwar zu, verstand aber nicht richtig. „Was meinen Sie?"
„Du kommst einfach nicht zur Ruhe, und das ist jetzt wichtig für dich. Ich werde dir leichte Beruhigungstabletten auf-schreiben. Da nimmst du jeden Morgen eine.

Wahrschein-lich sind deine Beschwerden dann bald vorbei."
Die ärztliche Diagnose bewirkte bei Laura einen gewissen Optimismus, und zielstrebig ging sie nach dem Arztbesuch in die „Lesefreude", ihrer Arbeitsstelle, wo sie sich immer wohl gefühlt hatte.
Maike Albers hatte gerade den Buchladen geöffnet und war überrascht, dass ihre Mitarbeiterin außerplanmäßig zur Arbeit erschien. Interessiert hörte sie von den neuesten Ereignissen, die Laura ihr berichtete. Als sie erfuhr, was ihrer Kollegin in der Nacht zuvor passiert war, bemerkte sie besorgt: „Ich kenne das. Bei mir hat es sehr lange gedauert, bis mein Arzt wusste, was mit mir los war." „Und?" Laura wollte mehr wissen. „Was hat dein Arzt festgestellt?"
„Panikattacken hatte ich, und das nicht zu knapp. Teuflisch ist das. Und noch schlimmer, wenn sie nicht richtig behandelt werden."
Laura wurde unruhig. „Ich hab' doch keine Panik. Dr. Hellrich hat ganz was anderes festgestellt. Ich soll leichte Beruhigungstabletten einnehmen. Dann legt sich das schon, meinte er."
Maike Albers wurde bestimmter. „Was du erzählt hast über Herzrasen, Schweißausbrüche, Anzeichen von Herzinfarkt und Todesangst, das war bei mir auch genauso. Ich will dich wirklich nicht verunsichern, aber das Tückische an Panikattacken ist, dass man so ganz allmählich Panik vor den Attacken bekommt."
„Also Angst vor der Angst?"
„Ja, so kann man es sagen."
„Und was soll ich deiner Meinung nach tun?"
„Im Krankenhaus hier in Klosterhausen hat Dr. Feininger eine Sprechstunde. Feininger kennt sich mit solchen Sachen gut aus. Mir hat er sehr geholfen. Geh' mal in seine Sprechstunde."
Maike Albers merkte, dass Laura durch ihre Worte mehr verunsichert wurde. Deshalb wechselte sie nun das Thema.

„Es ist schon gut, wenn du meinst, dass du jetzt lieber arbeiten willst, anstatt deinen Urlaub zu nehmen", sagte Maike in freundschaftlichem Ton und ergänzte nicht ganz uneigennützig. „Da kann ich jetzt Ende Juli vielleicht den einen oder anderen Tag frei machen."

11.
Die ganze vorige Nacht und den Tag über war er mit seinem Auto ziellos durch die Gegend gefahren. Nun saß er in seiner Wohnung im Dunkeln. Sein Pilotenkoffer stand ungeöffnet neben dem Ledersessel. Er überlegte zwei Stunden angestrengt, wie es weitergehen sollte. Von Mareike Tönnes, seiner Mitarbeiterin im Büro, hatte er sich nicht einmal verabschiedet, war wutentbrannt aus seinem Büro an ihr vorbei gestürmt. Sie hatte ja auch alles mitbekommen. Und wenn nicht, Direktor Cramer würde es ihr bestimmt erklärt haben. Cramer hatte noch die Schlüssel von dem Büro gefordert und Zachert praktisch rausgeschmissen. Und nun? Was sollte nun geschehen?
Diese Wohnung würde er sich nicht mehr leisten können. Am besten, er machte jetzt gleich Nägel mit Köpfen. Weg hier, weg aus Klosterhausen! Irgendwo dann ein Neustart.
Das waren Stefans Gedanken für seine Zukunft. Und dann waren noch ganz andere Gedanken da. Sie betrafen seine Vergangenheit.
Stefan fand, dass noch etwas zu erledigen sei. Wer ihm dies alles eingebrockt hatte, das wusste er ganz genau. Laura sollte dafür bezahlen. Nie und nimmer würde er Laura ungeschoren davonkommen lassen. Einem Stefan Zachert tut man so etwas nicht an. Bei dem Gedanken ans Bezahlen fiel ihm das Geld ein, das er gemeinsam mit Laura für den späteren Hausbau langfristig angelegt hatte. Nein, gemeinsames Geld war es ja gar nicht. Stefan meinte jetzt, dass es sein Geld sei. Er hatte ja schließlich auch die höheren Einkünfte durch seinen Job bei der Elmshorner

gehabt, Laura verdiente als Buchhändlerin doch nur ein Mickergehalt. Es mussten so an die zwanzigtausend Euro angelegt worden sein. Ein sehr gutes Überbrückungsgeld in seiner jetzigen Lage, fand Stefan. Nur die Unterlagen dafür, die waren bei Laura. Und die gerade angeschafften Ikea-Möbel. Die waren auch nicht billig gewesen. Stefan hatte den größten Teil dafür von seinem Geld bezahlt.
Es war gegen Mitternacht, als er seine Wohnung wieder verließ.

*

Träumte sie nur schlecht, oder waren es die Eindrücke, die sie am Abend in der Sprechstunde der psychiatrischen Abteilung gesammelt hatte, als man ihr dort sagte, dass sie erst in sechs Wochen einen Termin bei Dr. Feininger bekommen könnte. Das hatte Laura stark deprimiert und sie stellte sich vor, welche schlimmen Gedanken ihr bis dahin noch kommen würden.
Es war plötzlich sehr hell im Wohnzimmer. Es flackerte und knackte. Laura wurde schlagartig wach und bemerkte durch die offene Schlafzimmertür das Flackern. Sie sprang auf, zog sich schnell Trainingshose und T-Shirt über und rannte ins Wohnzimmer. Draußen auf der Terrasse war es. Der Strandkorb brannte lichterloh. Die Markise darüber hatte sie abends nur ein Stück zurückgekurbelt. Sie fing in diesem Augenblick Feuer. Laura zögerte keinen Augenblick, mit ihrem Handy die 112 anzurufen. Dann raste sie ins Bad, füllte einen großen Eimer mit Wasser, eilte wieder ins Wohnzimmer, öffnete die Terrassentür und schüttete das Wasser in den brennenden Strandkorb. Sie wiederholte ihre Bemühung, musste jedoch feststellen, dass sich das Feuer schon sehr stark in das hochwertige Polyethylengeflecht gefressen hatte. Die leicht bläulichen Flammen flackerten schnell wieder in voller Breite und Höhe des Korbes. Der Brandgeruch, ähnlich wie

Kerzenwachs, waberte über die gesamte Terrasse. Ein Blick nach oben zeigte Laura, dass die Markise wohl kaum noch zu retten war. Den nächsten Wassereimer schüttete sie auf den brennenden Markisenteil. Auch hier nur ein Teilerfolg. Laura hörte aus der Ferne das Martinshorn der Feuerwehr. Oder war es ein Streifenwagen? Oder gleich mehrere Einsatzfahrzeuge? Egal, Hilfe nahte und Laura war nicht mehr allein mit dem Feuer. In diesem Moment fiel ihr Wohnungsnachbar Mannert ein. Was war mit ihm? Warum war er nicht wie sie vom Feuer geweckt worden. Schließlich lag sein Schlafzimmer direkt links neben ihrem Wohnzimmer, also ganz in der Nähe der Terrasse. Die anderen Hausbewohner waren samt und sonders in die Ferien gefahren, wusste Laura. Sie blickte zu Mannerts Schlafzimmerfenster. Es stand auf Kipp. Sie eilte zu seinem Fenster, klopfte hastig dagegen. „Herr Mannert! Herr Mannert!" Es rührte sich nichts. Jetzt gab ein Rauchmelder in dem Schlafzimmer seinen schrillen Alarm. Sie rief lauter. „Aufwachen, Herr Mannert! Es brennt! Aufwachen!" Nun hörte sie ihn aus dem Schlafzimmer. Er hustete. Helmfried Mannert hustete. Immer heftiger und hektischer. Laut hustend öffnete Mannert sein Schlafzimmerfenster ganz. „Seine Stimme war verschwommen. „Was, was ist hier denn los?"
In diesem Moment erschien ein Feuerwehrmann hinter dem Haus und erkundete die Lage. „Sind Personen im Haus?"
„Wahrscheinlich nicht", antwortete Laura, „nur mein Nachbar hier am Fenster." Der Feuerwehrmann gab einige Kommandos in Richtung seiner anrückenden Kameraden. Mit wenigen Wasserstößen aus einem C-Rohr löschten sie in kurzer Zeit die Flammen.
„Das hätte schlimm ausgehen können", sagte der inzwischen auch eingetroffene Polizeikommissar Jochen Sand, der in der Nachtschicht des Polizeireviers Klosterhausen neben Erich Ruhländer und vier weiteren

Beamten Dienst hatte. Er blickte zu Helmfried Mannert, der immer noch an seinem Schlafzimmerfenster stand.

„Ziehen Sie sich mal was an. Was soll denn die junge Frau hier von Ihnen denken?" Jochen Sand fand, dass Mannert nicht splitternackt an seinem Fenster stehen sollte. Während Mannert der Aufforderung zögernd nachkam, wandte sich der Polizist Laura zu. Er wusste, wer sie war und kannte die Umstände, die in der Vergangenheit zu polizeilichen Einsätzen geführt hatten.

„Haben Sie jemanden gesehen, der das Feuer gelegt haben könnte?" Jochen Sand war auf dem Weg zum Einsatzort von Hans-Hermann Sassendorf, Chef der Einsatzleitselle der Polizei per Funk darüber informiert worden, wer die Feuerwehr und damit auch die Polizei gerufen hatte.

Laura schüttelte den Kopf und schwieg. Sie ahnte es wohl, aber sie konnte es nicht einfach so behaupten.

Sand merkte, wie die junge Frau sich quälte. „Nein, wenn Sie ihn nicht gesehen haben, dann können Sie es auch nicht behaupten." Dann sah er noch mal rüber zu Mannerts Schlafzimmerfenster. „Ihr Nachbar, was war mit ihm? Hat er geschlafen?"

„Ich habe ihn geweckt. Er hat geschlafen."

Jochen Sand warf einen fragenden Blick zu den Feuerwehrmännern, die ihre Sachen gerade zusammenpackten.

„Wir sind hier fertig", rief einer der Männer. „Wir rücken gleich ab."

„Okay", quittierte Jochen Sand und wandte sich wieder Laura Köster zu. „Gehen Sie bitte in Ihre Wohnung und schließen Sie Fenster und Türen. Morgen früh kommt die Spurensuche vorbei und beschäftigt sich mit der Brandstelle. Und die Kripo erhält auch Kenntnis."

Laura zeigte Unruhe. „Und was ist mit ihm." Sie nannte den Namen nicht, aber Jochen Sand wusste genau, wen sie meinte.

„Darum kümmere ich mich jetzt", antwortete Sand, ohne weitere Absichten zu erklären.

*

„Das war er doch." Martina Bell sprach es morgens in der Frühbesprechung deutlich aus. „Wer sonst hätte ein Motiv dafür?"

„Das stimmt", fand Kai Gellert. „Zachert hat ein Motiv und die Gelegenheit für die Tat, kein Zweifel."

Christian Landau schaute nachdenklich. „Das nützt uns aber nichts. Wir müssen Stefan Zachert die Tat beweisen können. Und das können wir in diesem Fall nicht."

Martina entgegnete: „Aber Jochen Sand stellte doch unmittelbar nach seinem Einsatz fest, dass der Motor von Zacherts Opel noch warm war, als er ihn vor seinem Haus entdeckte. Er traf Zachert auch zu Hause an."

„Und?", unterbrach Landau seine Kollegin. „Und was sagte Zachert?"

Der K-Leiter schaute in die Runde und beantwortete seine Frage selbst. „Er sagte, dass er spazieren gefahren sei. Und dabei hat er schmierig gelächelt."

„Genau", fand Kai Gellert. Man sah die Zornesröte in seinem Gesicht aufsteigen. „Damit darf der doch nicht durchkommen."

Lukas Grote verfolgte die Diskussion zunächst schweigend und kommentierte den jungen Kommissar auf seine Weise. Er verdrehte fast verächtlich seine Augen.

Das machte Kai wütend. Er fauchte Grote an. „Das finde ich echt nicht gut von dir. Du kannst ja gerne anderer Meinung sein, aber dann sag' es mir bitte nicht so."

So jung Kai Gellert auch war und nach Meinung älterer Kollegen auch noch so unerfahren, er sagte immer genau das, was er dachte. Lukas Grote fühlte sich durch die direkte Ansprache bloßgestellt. Deshalb konterte er. „Was sollten wir den deiner Meinung nach noch tun?"

„Na, zum Beispiel könnte eine Auswertung von Zacherts Handy-Daten zeigen, wo er sich in der Nacht befunden hat."

Claudia Kaufmanns Aufgabe war es in den letzten Fällen gewesen, unzählige Handy-Daten in das EDV-gestützte Bearbeitungssystem einzugeben. Daher wusste sie etwas, das Gellert sehr enttäuschte. „Das würde uns hier in Klosterhausen nicht viel nützen. Unsere Stadt hat genau eine Funkzelle."

Gellert widersprach sofort. „Zachert sagte, er sei spazieren gefahren. Es wäre doch wichtig zu wissen, ob er zur Brandausbruchszeit in der Funkzelle Klosterhausens gewesen ist oder nicht."

Jetzt schaltete Landau sich ein. „Jochen Sand hat ihn natürlich danach gefragt, wo er unterwegs war. Zachert scheint mit allen Wassern gewaschen zu sein. Auf diese Frage hat er nur schmierig gegrinst."

Christian Landau kannte solche Typen wie Zachert. Und der Nachweis einer Brandlegung war nach seiner Erfahrung nach mit das Schwierigste bei einem Tatverdächtigen.

Landau erinnerte sich gut an einen Serienbrandstifter, der vor Jahren zunächst Papiercontainer und Autos, dann Carports und in den Fluren von Wohnblocks abgestellte Kinderwagen angezündet haben sollte. Mehrfach war der Mann in Nähe der Brandstellen aufgefallen, weil er sich als Zeuge gemeldet hatte. Und wegen dieser und anderer Umstände hatte sich ein Verdacht gegen ihn entwickelt. Landau hatte mit ihm nach einer Brandlegung in einem Wohnblock zu tun. Nur mit Glück hatten die dreiundzwanzig Hausbewohner das Feuer überlebt, drei davon leider mit schweren Brandverletzungen. Hauptkommissar Landau nutzte seine vielfältigen Vernehmungsfertigkeiten, um dem Verdächtigen ein Geständnis zu entlocken. Doch der griente ihn frech an und fragte: „Na, dann zeigen Sie mir mal das Foto, auf dem ich mit einem brennenden Streichholz in der Hand in dem Wohnblock zu sehen bin."

Der Verdächtige durfte wieder nach Hause gehen. Seine Serie aus bis dahin neun Brandstiftungen setzte sich fort. Doch beim übernächsten Brand hatte den Täter das Glück verlassen. Nachdem er in einem kleinen Nebenraum einer Autowerkstatt im Industriegebiet Süd Benzin als Brandlegungsmittel ausgeschüttet hatte, gab es beim Anzünden eine gewaltige Verpuffung, die dem Täter so schwere Brandverletzungen zufügte, dass er drei Wochen später auf der Intensivstation des Krankenhausen an den Folgen starb, ohne das Bewusstsein wiedererlangt zu haben.

„Kai, die Idee mit der Handyauswertung ist vielleicht nicht dazu geeignet, Zachert zu überführen, aber schlecht ist sie dennoch nicht", lobte er den jungen Kollegen. Dann wandte er sich an Martina Bell. „Kümmerst du dich mit Kai darum? Es wäre doch schön, wenn wir in dieser Woche noch ein Stück vorankommen, bevor ihr euch bei eurem Wettkampf in Glücksburg total verausgabt."

„Das ist es ja", sagte Lukas Grote und nahm sich selbst, Kai und Martina auf die Schippe, „eigentlich wollten wir in dieser ersten Augustwoche ein wenig kürzer treten, um beim Ironman am Sonntag alles geben zu können. Aber da macht unser Chef uns mal wieder einen Strich durch die Rechnung."

„Habt ihr eigentlich genug trainiert?", wollte Claudia wissen. „Nicht, dass ihr uns beim Wettkampf blamiert."

„Wir sind fit", posaunte Kai Gellert laut, „fitter geht's nicht."

*

Maike Albers war gegen zehn Uhr nur mal kurz in die Fußgängerzone gegangen und Laura blieb allein in der ‚Lesefreude'. Sie packte die Büchersendungen aus und sortierte sie, als er plötzlich im Laden stand. Ungepflegt sah er aus, unrasiert, blass im Gesicht. Der schwarze Jogginganzug zeigte diverse Flecken und hatte eine Waschmaschine mit Sicherheit seit Wochen nicht von innen gesehen.

„Hast du mir den Bullen heute Nacht auf den Hals gehetzt?" Stefans Stimme klang rau und gefährlich. Laura merkte ihre Wut, die im Augenblick ihre Furcht übertrumpfte. „Hast du heute Nacht Feuer auf meiner Terrasse gemacht?"

Stefan grinste diabolisch. „Ich doch nicht. Was denkst du denn?"

„Grins' nicht so dreckig und verschwinde", schimpfte Laura und wies mit dem rechten Arm zur Ladentür.

„Ich bin nur geschäftlich hier", entgegnete ihr Ex-Freund gekünstelt freundlich. „Wenn du bitte schnellstens dafür sorgen würdest, dass ich an mein angelegtes Geld komme. Und für die Ikea Möbel will ich auch Geld von dir. Die hab' ich ja schließlich fast allein von meinem Geld bezahlt."

Laura stutzte. „Dein Geld? Ich höre wohl nicht richtig. Raus hier. Über Geld kannst du dich mit meinem Anwalt Hubert Garrels unterhalten. Und nun raus hier, sonst ruf' ich die Polizei." Wie eine Waffe hielt sie ihr Handy in der rechten Hand.

Stefan Zachert ging ganz langsam rückwärts zur Ladentür. „Na, warte, du wirst bestimmt noch vernünftig. Warte nur, ganz bestimmt wirst du das. Du wirst es sehen."

Lauras Körper bebte förmlich, als sie wieder alleine im Laden war. Die Wut, die sie eben noch angetrieben hatte, war wie weggefegt. Sie weinte. Und dann raste ihr Herz. Sie japste. Sie meinte, nicht genug atmen zu können. Sie hatte Angst. Todesangst.

12.

„Aufmachen! Polizei!" Kai Gellert hämmerte mit seiner rechten Faust gegen die Appartementtür von Stefan Zachert. Eifrig war er in dieser Woche dabei gewesen, die Verbindungsdaten des Mobiltelefons vom Tatverdächtigen auszuwerten. Jetzt wollte er ihn zusammen mit Martina Bell detailliert zu seinem Alibi in der Brandnacht befragen. Die Auskünfte, die Zachert dem Beamten Jochen Sand gegeben hatte, waren mehr als oberflächlich und daher ungenau.

In seinem Büro war Zachert nicht mehr anzutreffen gewesen. Die Bürohilfe Mareike Tönnies hatte nur herumgedruckst und gemeint, dass er möglicherweise in seiner Wohnung im Appartementhaus nebenan zu finden sei.

„Sein Opel Mokka steht nicht auf dem Parkplatz, der Vogel ist ausgeflogen", meinte Martina Bell.

„Wir lassen ihm eine Vorladung im Briefkasten", entschied Kai.

„Okay, wir lassen ihm eine Vorladung zur Beschuldigtenvernehmung wegen schwerer Brandstiftung hier", sagte Martina bestimmt.

„Wegen schwerer Brandstiftung? Wie kommst du darauf? Der hat doch nur den Strandkorb angezündet. Das ist doch allenfalls eine Sachbeschädigung."

„Sachbeschädigung? Der brennende Strandkorb hat die darüber hängende Markise in Brand gesetzt, und die war fest mit dem Haus verbunden", dozierte Martina nun. „Was glaubst du, was da noch alles in Brand geraten wäre, wenn wir nicht so eine schnelle Feuerwehr hätten, Kai?"

„Stimmt", erwiderte Kai Gellert, „Brandstiftung ist ein schlimmes, hundsgemeines Verbrechen, das zu Recht hart bestraft werden muss. Schade, heute ist schon Donnerstag, ich hätte diesen Fall so gern noch vor unserem Wettkampf am Wochenende aufgeklärt."

Martinas Handy vibrierte, den Klingelton hatte sie abgestellt, weil sie dadurch bei dem vorgesehenen Gespräch mit Zachert nicht gestört werden wollte. Christian Landau war dran.

„Martina, dies sind die Wochen der Wahnsinnstaten im wahrsten Sinne des Wortes", leitete er sein Gespräch ein, in dessen Verlauf er Martina und Kai zu einem Tatort in Bansdorf beorderte.

Schnell schrieben sie eine Vorladung für Stefan Zachert, steckten sie ihm in den Türbriefschlitz und fuhren nach Bansdorf, wo sie sich mit Christian Landau und Lukas Grote an einem neuen Tatort treffen wollten.

Kurze Zeit später rollte der schwarze Opel Mokka auf den Stellplatz des Appartementhauses am Klosterplatz. Eilig verließ Stefan Zachert das Fahrzeug und ging in sein Appartement. Als er die Vorladung las, fluchte er laut und zerriss das Papier. Er holte eine kleine, schwarze Ledertasche aus einem Versteck hinter dem Kleiderschrank. Dann stürmte er aus seinem Appartement.

*

Erst wenige Tage zuvor war die Situation ähnlich gewesen. Während Hans Gerlach und Clarissa Scheunemann die Tatortarbeit in der kleinen Kate in der Bansdorfer Dorfstraße machten, musste Landau draußen warten. In der Kate waren die neunzig Jahre alte Dorothea Balzer und ihre Tochter Annemarie gemeldet, wusste der Ermittler von dem Bansdorfer Polizeibeamten Ernst-Dieter Schütt, der jetzt mit ihm draußen vor der Tür stand und mündlich seinen Bericht gab.
„Als Hermann Lütje, unser Postbote, gegen Mittag klingelte, öffnete ihm die völlig verwirrte Tochter. Hermann fielen die Blutspuren an den Händen und an der Kleidung auf. Er ahnte Böses, zumal Annemarie Balzer fortwährend etwas von einer ganz schwierigen Geburt faselte. Hermann hat mich gleich angerufen. Im Badezimmer habe ich sie dann gesehen, die tote Dorothea. Sie lag leblos neben der Badewanne auf den hellen Fliesen in einer riesigen Blutlache. Neben dem Kopf entdeckte ich die Zunge der Frau. Sie war herausgerissen, glaube ich."

Polizeikommissar Schütt, seit mehr als zwei Jahrzehnten in Bansdorf und im vergangenen Jahr als Leiter der nun erstmals aus fünf Beamten bestehenden Polizeistation mit einem größeren Zuständigkeitsbereich eingesetzt, berichtete nüchtern und sachlich. Und doch merkte sein Zuhörer Landau, dass es dem ehemaligen Dorfpolizisten nicht so leicht fiel, über diese grauenvolle Tat zu berichten. Kein Wunder, dachte er, Schütt kannte die Tote und ihre Tochter seit ewigen Zeiten. Er berichtete quasi aus seiner eigenen Welt, die er als Dorfbewohner aktiv mitgestaltet hatte. Schütt kannte jeden im Dorf und dazu dessen Sorgen und Nöte. Und doch war Ernst-Dieter mehr als nur der gute alte Schutzmann, wie Christian Landau im Laufe der vielen Jahre herausgefunden hatte.

Schütt hatte spezielle Lehrgänge absolviert und kümmerte sich im Bedarfsfall um Kollegen, die durch schlimme Einsätze gegangen waren. Seine ruhige und ausgleichende Art war es wohl, die Landau an dem nur wenig jüngeren Kollegen bewunderte. Ernst-Dieter Schütt hatte immer den Blick für das Wesentliche, was man von so vielen Polizeibeamten nicht unbedingt behaupten konnte. Diese Fähigkeit in Verbindung mit seiner grandiosen Orts- und Personenkenntnis zeichnete den Bansdorfer Schutzmann aus.

Mit Schmunzeln dachte Kripomann Landau an ein Ereignis zurück, das ihn einigermaßen verwirrte und doch ein gutes Ende gefunden hatte. Landwirt Fritz Harmsen aus Bansdorf war damals heftig mit seiner Ehefrau Gerda in Streit geraten und hatte sie in dessen Verlauf mit einer Mistgabel gestoßen und dabei so schwer am Bauch verletzt, dass sie mit Notarzt ins Krankenhaus eingeliefert werden musste. Der zuständige Polizist Ernst-Dieter Schütt nahm vor Ort den Sachverhalt auf und rief Landau hinzu, weil Fritz Harmsen sich möglicherweise für ein versuchtes Tötungsdelikt zu verantworten hatte. Landau fuhr allein zum Tatort auf den Harmsen-Hof und war erstaunt, dass

Ernst-Dieter Schütt ihn an der Hofeinfahrt erwartete. Die Frage, wo Schütt den Verdächtigen gelassen habe, beantwortete dieser mit verblüffenden Worten: „Den hab' ich in die Küche geschickt, um für uns Kaffee zu kochen. Der soll sich beruhigen." Landau war fassungslos, sagte aber nichts. Im Verlauf des Einsatzes stellte sich heraus, dass es Schütt mit dieser Maßnahme gelungen war, den wegen seiner Aggressionen weit über sein Heimatdorf hinaus bekannten Fritz Harmsen für die weitere Ermittlungs- und Vernehmungsarbeit lammfromm zu machen. Schütt hatte es eben drauf, das richtige Wort zum richtigen Zeitpunkt zu sprechen.

Wie Landau richtigerweise annahm, hatte Ernst-Dieter Schütt seine ohnehin guten Schutzmannsqualitäten in den Jahren so weiterentwickelt, dass er auch so ein heftig emotionales Geschehen wie das hier in der Kate abwickeln konnte.

„Und die Tochter, was sagte die, als du hier aufgetaucht bist?"

„Ach Christian, das ist dramatisch. Sie glaubt die ganze Zeit, dass sie ihrer Mutter bei einer Geburt geholfen hat."

„Du meinst, die Tochter hat ihrer Mutter die Zunge herausgerissen?"

„Das sieht so aus", antwortete Ernst-Dieter Schütt. „Als ich vorhin mit ihr alleine war und auf Verstärkung wartete, da gab sie mir das genau so zu verstehen. Sie hat der Mutter die Zunge herausgerissen und gemeint, sie holt ein Kind."

„Oh Mann, das ist irre", schüttelte Landau sich.

Martina Bell und Kai Gellert trafen ein. Landau unterrichtete sie kurz über den Sachstand und bat die beiden, den Ort des Geschehens zu beschreiben, kurz, den Tatort aufzunehmen, wie es im Polizeijargon hieß. Anschließend sollten beide gemeinsam mit der Kriminaltechnik bei der inzwischen beim Institut für

Rechtsmedizin in Hamburg angemeldeten Obduktion der Leiche anwesend sein.
Annemarie Balzer war unterdessen von Lukas Grote und Claudia Kaufmann in die Psychiatrie des Krankenhauses gebracht worden, wo Psychiater Dr. Feininger sich die Frau im Auftrag von Staatsanwalt Lautenberger genauer ansehen sollte. Zu offensichtlich waren die Hinweise auf eine Psychose bei Annemarie Balzer.
Christian Landau fand es sehr bemerkenswert, dass innerhalb weniger Tage in seinem Kommissariat gleichgeartete Fälle zu bearbeiten waren.

13.
In der Spätbesprechung am Abend saß das komplette 1. K gegen acht Uhr im Besprechungsraum, um noch die weiteren Planungen für den folgenden Tag durchzuführen.
„Äh", druckste Kai Gellert herum. „Eigentlich wollte ich morgen gar nicht kommen."
„Ich eigentlich auch nicht", erklärte Martina Bell und sah Lukas Grote an, der sich schweigend in seinem Sessel zurücklehnte.
„Ach so, wegen des Wettkampfs am Sonntag?" fragte Landau und jeder im Raum bemerkte, dass diese Frage auch etwas Vorwurfsvolles in sich barg.
Der K-Leiter beantwortete seine Frage dann selbst. „Triathlon ist erst am Sonntag. Morgen ist Freitag. Wir haben noch eine Menge zu tun." Und dann verteilte er die Aufgaben, die sich durch den Fall Balzer in Bansdorf ergeben hatten.
Zwar war Annemarie Balzer wie erwartet per richterlichen Unterbringungsbeschluss in die geschlossene Psychiatrie Schleswig eingewiesen worden und das Ergebnis der Obduktion stand ebenfalls fest. Doch waren wie im vorherigen Fall auch noch erhebliche Hintergrundnachforschungen zu führen. Mögliche Zeugen, Bekannte, Verwandte, Arbeitgeber, Ärzte sollten zeitnah zum

Tatgeschehen vernommen werden. Christian Landau hatte damit gute Erfahrungen gemacht, solche Arbeiten nicht auf die lange Bank zu schieben. Anders sah es Lukas Grote, der sich nun äußerte. „Das hätte eigentlich auch Zeit bis Montag."
„Ich möchte, dass es morgen angegangen wird", entschied Landau und die Betonung seiner Worte zeigte auf, dass eine weitere Diskussion nicht gefragt war. „Wer weiß schon, was bis Montag ist."

*

Sören Köster hatte die Türschlösser an Lauras ‚Knut' mit Aceton bearbeitet und so den Sekundenkleber lösen können. Laura war daher wieder mobil und nach der Arbeit zur Redaktion des Tagesblattes gefahren, hatte Hendrik jedoch nicht angetroffen. Auch über sein Mobiltelefon war er nicht erreichbar. Sie sprach ihm eine Nachricht auf die Mailbox, wollte ihn unbedingt noch an diesem Abend sehen. Keine drei Minuten später kam die Antwort. Eine SMS. Zwei Sätze, die Laura niederschmetterten. „*habe nur noch ärger, seitdem wir uns kennen. ich will nicht mehr und mach' schluss mit dir*"
Laura glaubte nicht, was sie da gerade eben las. Immer wieder blickte sie auf das kleine Display ihres Mobiltelefons. Dann kontrollierte sie die Nummer des Absenders. Kein Zweifel, die Nachricht war von Hendriks Handy abgeschickt worden.
Aber warum machte er das? Warum ging er nicht ans Telefon und sprach mit ihr? War er zu feige?
Immer wieder drückte Laura die Wahlwiederholung für Hendriks Nummer. Jetzt war sein Handy eingeschaltet. Der Ruf ging ab, es wurde aufgelegt. Besetzt. Dann war das Handy abgestellt.

*

Im Sommer 1999 war es aus gewesen mit dem zollfreien Einkauf auf einer Butterfahrt. Diese damals neue EU-Regelung bedeutete das Ende der Fährverbindung zwischen Gelting und dem dänischen Hafen Faaborg auf Fünen. Die eigens für die Fährverbindung an der Bundesstraße 199 zwischen Flensburg und Kappeln gebaute Gelting-Mole blieb seitdem ungenutzt und alles dämmerte dort in einer Art Dornröschenschlaf. Der in den späteren Jahren dort ersatzweise eingerichtete Sportboothafen verschaffte die einsam gelegene Gelting-Mole nicht im Ansatz die Lebenskraft, die der rege Fährbetrieb über Jahrzehnte gewährleistet hatte. Insbesondere in der Nacht glich Gelting-Mole einer Gegend, in der allenfalls noch müde Seegeister an Land gehen würden.

Ganz anders in dieser Nacht. Das imposante Kreuzfahrtschiff MS „Andonta" ankerte nicht unweit der Mole in der Geltinger Bucht. Das gut zweihundert Meter lange und fünfundzwanzig Meter breite Schiff stand in voller Beleuchtung und war von weither deutlich zu erkennen. Wie von einer Schnur gezogen erreichten in diesen Augenblicken blau blinkende Einsatzfahrzeuge der Polizei die Gelting-Mole und boten so dem Zuschauer den klaren Hinweis, dass etwas Ungewöhnliches im Gange war.

Die „Andonta" hatte morgens um sieben in Flensburg festgemacht. Ihre gut fünfhundert Gäste nutzten den Vormittag für einen Stadtrundgang und zur Besichtigung der nördlichsten Brauerei Deutschlands. Mittags machte die „Andonta" dann die Leinen los, um im Rahmen einer kleinen Ostseekreuzfahrt das Panorama des Flensburger Fördelandes zu erkunden. Jäh wurde die Fahrt vor Gelting unterbrochen. Eine einzige telefonische Ankündigung, vom Kapitän des Kreuzfahrers gegen neun Uhr abends empfangen und unverzüglich als Seenotruf weitergeleitet, versetzte nicht nur die gesamte Landespolizei Schleswig-Holsteins mit seinem Führungsstab in enorme Aktivitäten.

In den benachbarten Bundesländern und bei den Bundespolizeidirektionen wurden ebenfalls hektisch schon lange vorbereitete Stabsorganisationen hochgefahren und nach festgeschriebenen Ablaufplänen Einsatzkräfte angefordert. Eine in Deutschland noch nie dagewesene Sonderlage war eingetreten.

*

Laura war verzweifelt. Sie tat, was sie eigentlich vermeiden wollte. Sie war auf dem Weg zu ihren Eltern. Laura wurde das Gefühl nicht los, sich einfach mal ausheulen zu müssen. Kurz vor dem kleinen Siedlungshäuschen ihrer Eltern stutzte sie. Sie stoppte ihren Polo. Der Wagen. Was sollte der Wagen hier? Der schwarze Opel Mokka von Stefan, der gehörte doch gar nicht in diese Straße. Laura parkte ihr Auto abseits und ging zögernd den weiteren Weg zu Fuß. Es waren nur noch wenige Meter bis zur Hausnummer 17. Etwas war anders an diesem Donnerstagabend.
Gegen zehn Uhr hatte die Dämmerung eingesetzt und normalerweise hätten ihre Eltern jetzt die Fernsehlampe im Wohnzimmer eingeschaltet. Doch alles war dunkel in dem Haus. Die Vorhänge bis auf die am Küchenfenster nicht zugezogen, das Fernsehgerät, für die Heute-Spätausgabe allabendlich eingeschaltet, war nicht in Betrieb.
Laura wechselte die Straßenseite und beobachtete ihr Elternhaus vom Grundstück gegenüber. Hier bot ihr eine fast mannshohe Hecke die Möglichkeit, von anderen unbemerkt über die Straße zu sehen.
Da, es bewegte sich etwas am Küchenfenster. Der Vorhang am rechten Fensterrand schob sich einen kurzen Augenblick zur Seite und eine Hand wurde im Küchenfenster von der Straßenlaterne angeschienen. War es eine Pistole in der Hand am Vorhang? Was war da los bei ihren Eltern?

Laura traute sich nicht, an die Haustür zu gehen, um zu klingeln. Ihr fiel das Telefon ein. Mit ihrem Mobiltelefon wählte sie die Nummer. Der Ruf ging raus, doch niemand nahm im Haus ihrer Eltern ab. Sie wählte das Handy von Sören Köster. Das Handy wurde nach dem zweiten Klingelton abgeschaltet. Sie versuchte es nun mit der Nummer von Stefan Zachert. Der Ruf ging kurz raus, dann wurde ebenfalls ausgeschaltet.
Laura Köster wählte den Notruf.

*

Gerade wollte sich Christian Landau gemütlich in seinen Fernsehsessel setzen, die Beine hochlegen und zum Tagesabschluss die Tagesthemen in der ARD verfolgen. Seine Frau Kerstin saß im Arbeitszimmer und ordnete ihre Unterlagen vom letzten Rosenseminar, das sie im vergangenen Jahr im Sangerhausener Europa-Rosarium besucht hatte. Sie wusste, dass sie ihrem Christian so spät am Abend nach anstrengender Arbeit nicht mehr mit dem alltäglichen Kram kommen konnte. Im Laufe der Jahre hatte es sich so eingespielt, dass Christian erst einmal ganz für sich „runterfahren" konnte, bevor überhaupt wichtige Dinge besprochen wurden. Das machte er meistens, indem er sich die aktuellen Nachrichten im Fernsehen ansah. Oder wenn der Feierabend sich noch tiefer in die Nacht verlagert hatte, dann nahm er sich für eine gute halbe Stunde das Hamburger Abendblatt vor. Dadurch konnte Landau meistens seine Gedanken wieder ordnen und das Wissen um die schlimmen Geschehnisse, die ihn und sein Team den gesamten Tag über in Atem gehalten hatten, in eine bestimmte innere Schublade packen. Auch wenn es manchmal nur ganz wenige Stunden bis zum Dienstbeginn waren, so empfand Landau diese kurzen Auszeiten recht erholsam.

Das wusste Kerstin Landau nur zu gut. Deshalb verschonte sie ihn an diesem Abend mit ihrer Idee, noch im August ein weiteres Rosenseminar in Sangerhausen zu besuchen. Natürlich nur, wenn er mitkäme. Und genau da lag das Problem, wie Kerstin sich natürlich denken konnte. Die Rosenzüchterei war eher nicht die Sache von Christian. Er hatte sich als Fan uralter Traktoren der Hege und Pflege seines betagten Deutz D 30 verschrieben und war schon seit mehr als einem Jahr nicht mehr damit unterwegs gewesen. Kerstin plante beim Ordnen ihrer Rosenunterlagen, wie sie Christian wohl dazu bringen könnte, sein eigenes Hobby in diesem Jahr noch einmal hinten an zu stellen. Sie kam nicht weit mit ihren Gedanken. Das Telefon läutete. Um diese Uhrzeit mit sehr hoher Wahrscheinlichkeit ein dienstliches Gespräch.

Christian Landau nahm ab, noch bevor er den Fernseher eingeschaltet hatte. Kerstin kannte den weiteren Verlauf dieser Gespräche zur Genüge. Sie endeten meistens mit den Worten Christians, dass er in wenigen Minuten auf der Dienststelle erscheinen werde.

„Oh, du musst noch mal wieder los", stellte Kerstin fest und ihre Worte klangen enttäuscht.

„Tja", erwiderte Christian und streckte sich noch einmal ganz lang in seinem Fernsehsessel. „Ich glaub' die Nacht kann ich vergessen, da ist ein ganz dickes Ding im Gange." Er hatte sich angewöhnt zu Hause möglichst wenig über das zu sprechen, was ihn im Dienst beschäftigte. Kerstin kannte das. Oftmals hörte sie ja ohnehin wenig später in den regionalen Nachrichten davon.

„Hast du meine Koffeinschokolade gesehen?", fragte Christian. Diese Schokolade lag immer griffbereit in einer Küchenschublade und war für ihn ein ganz wichtiges Mittel, um in der Nacht oder am frühen Morgen aufkommende Müdigkeit und Konzentrationsmängel zu vermeiden. Landau nahm sie deshalb immer mit, wenn er sich die Nacht mit einem Einsatz um die Ohren schlagen musste. Er gehörte nicht zu den Männern, die sich literweise Kaffee einflößen mussten.

„Ich habe die Schokodose in den Kühlschrank gelegt, weil es doch recht warm war", antwortete Kerstin, ging in die Küche und holte ihrem Mann die Spezialverpflegung.

*

Hans-Hermann Sassendorf war in seinem Element. Als die Regionalleitstelle Elmshorn, eine von vier in Schleswig-Holstein, im Frühjahr 2010 ihren Betrieb aufgenommen hatte, war er gleich dabei. Zuvor nannte man ihn in Polizeikreisen ‚die Klosterstimme', so bekannt war er im Laufe der Jahre als Chef der alten Leitstelle Klosterhausen geworden. Man merkte Sassendorf sofort an, wenn er einen Einsatz in seinem alten Bereich Klosterhausen leitete. Dort kannte er sich aus wie in seiner Westentasche. Dadurch war er Christian Landau bestens vertraut, hatte er doch unzählige Einsätze der Mordkommission mit seiner Leitstelle „Kloster" begleitet. Jetzt machte er das von Elmshorn aus und Christian Landau nahm es wohlwollend zur Kenntnis, dass Sassendorf ihm auf dem Weg ins Kommissariat fernmündlich die Lage näher schilderte.

„Laura Köster wollte vorhin eigentlich ihre Eltern aufsuchen, hat dann aber das Auto ihres Ex-Freundes in der Nähe gesehen. An einem Fenster will sie eine Person mit einer Pistole in der Hand bemerkt haben. Deshalb hat sie uns über 110 gerufen."

„Was ist denn mit ihren Eltern? Hat Laura dazu etwas gesagt?"

„Sie hat versucht, die Eltern telefonisch zu erreichen. Das gelang ihr nicht. Laura vermutet, dass sich ihre Eltern in der Gewalt ihres Ex-Freundes befinden. Weiter denkt sie, dass ihr Ex-Freund in der Elternwohnung lauert, bis sie dort auftaucht."

„Was ist bisher veranlasst?" wollte Landau wissen.

„Nicht viel. Zwei Streifenwagen sperren gerade den engeren Bereich in der Memeler Straße ab. Ein Kollege war an der Haustür und hat geklopft. Aus dem Haus heraus wurde er lautstark aufgefordert zu verschwinden, sonst werde geschossen. Tja, und nun bist du dran mit deinen Leuten, Christian."
„Hans-Hermann, das ist aber heftig. Wir müssen wohl von einer möglichen Geiselnahme ausgehen. Also bitte ich um Alarmierung der Spezialeinsatzkräfte, der Verhandlungsgruppe und um die Einsetzung eines Polizeiführers Höherer Dienst", forderte Landau. Bei ihm lief im Inneren ein Raster ab, das ihm sehr detailliert die jetzt erforderlichen Maßnahmen aufzeigte. Oft schon hatte er sie gedanklich anhand der speziellen polizeilichen Dienstvorschrift durchgespielt und auch entsprechende Übungen durchgeführt. Landau wusste aus vielen anderen Einsätzen, dass eine reale Lage ganz besondere Wendungen in sich bergen konnte, die in keiner Dienstvorschrift vorgezeichnet waren. Und schon der Beginn dieses Einsatzes überraschte den erfahrenen Kommissariatsleiter. Hans-Hermann Sassendorf trug die Besonderheit dieses Abends schonungslos vor.
„Bekanntlich läuft heute der erste Abend des Wacken-Festivals. Da sind schon mal viele Polizisten eingebunden und können auch nicht herausgelöst werden. Die Polizeiführer unserer Direktion lösen sich dabei in der Führung des Wacken-Einsatzes ab. Sie sind also unabkömmlich."
„Das macht nichts", entgegnete Landau, der sich eigentlich nicht viel von dieser Führung versprach, weil er sie in den meisten Fällen eher als störend bei der Bewältigung seiner Einsätze empfunden hatte. Ein von Landau gering geschätzter Kriminaldirektor hatte ihm vor längerer Zeit in einer Diskussion über die Unwägbarkeiten eines Geiselnahme- beziehungsweise Entführungseinsatzes sehr großspurig erklärt, solche Lagen seien für ihn überhaupt kein Problem, schließlich habe er die Führung solcher Einsätze

ja in der Deutschen Hochschule für die Polizei in Münster-Hiltrup gelernt.

Mit solchen abgehobenen Leuten konnte Christian Landau überhaupt nichts anfangen. Nur ganz wenige Vorgesetze wären seiner Meinung nach für diese Aufgabe geeignet. Sein aktueller Chef zum Beispiel. Landau fragte nach Oberrat Trensing. Die Antwort Sassendorfs gefiel ihm nicht.

„Trensing ist heute mit einer Gruppe von Führungskräften aus anderen Bundesländern nach Wacken aufgebrochen, um den Einsatzablauf und die Organisation vorzustellen."

„Aha, Führungskräftetourismus also mit allem Pipapo wie Hubschrauberrundflug, kaltem Buffet und auch Absacker", schnaubte Landau, der schon seit Jahren das polizeiliche Tohuwabohu zur Festivalzeit verabscheute und entsprechend kommentierte.

„Gemach, Christian, heute ist alles anders gekommen. Fast die gesamte Führung der Landespolizei und etliche Spezialkräfte sammeln sich gerade im Lagezentrum Eichhof in Kiel. Auch Trensing musste mit. Wir haben seit wenigen Augenblicken eine Terrorlage auf der Ostsee. Ein Kreuzfahrtschiff mit etlichen hundert Passagieren wird konkret bedroht."

„Oha, und das in unserem kleinen Schleswig-Holstein", bemerkte Landau. „Aber was machen wir nun mit unserer Lage hier? Welche Kräfte habe ich zur Verfügung?" Dem Kommissariatsleiter war klar, dass er selbst für den Einsatz in der Memeler Straße die Verantwortung tragen würde. Ein Gedanke, der ihn nicht sonderlich belastete.

„Kleine Flamme", antwortete Sassendorf. „Die Leute von deinem Kommissariat habe ich schon alarmiert. Die kommen gleich. An Spezialeinsatzkräften konnte ich nur eine Gruppe loseisen. Die ist ebenfalls schon auf dem Weg."

„Und was ist mit der Verhandlungsgruppe?" Landau legte großen Wert darauf, dass die Routine und Erfahrung der

Kollegen aus der Verhandlungsgruppe den Einsatz begleiten. Die allerbeste und überzeugendste Waffe des Polizisten ist das Wort, war seine durch etliche Erfahrungen belegte feste Überzeugung. Sei es, dass durch Verhandlungen der Täter überzeugt werden konnte, sein kriminelles Vorhaben aufzugeben. Sei es, um Zeit zu gewinnen, ihn dadurch zu zermürben oder für andere taktische Maßnahmen die Voraussetzungen zu schaffen. Landau hatte alles erlebt und daher verlangte er die Verhandlungsgruppe.
„Die sind voll für die Ostseelage verplant, Christian. Die kannst du nicht kriegen", erläuterte Sassendorf.
„Dann eben nicht", maulte Landau und beendete das Telefonat.

Es dauerte nicht lange, da war sein Kommissariat in voller Besetzung in der Memeler Straße. Martina Bell brachte den Vorschlag ein, die große Doppelgarage auf dem Grundstück schräg gegenüber der Hausnummer 17 für die Einsatzleitung vor Ort zu nutzen. Von der Tatortaufnahme in der Memeler Straße 22 bei Storch hatte sie sämtliche Schlüssel, auch den für die Garage.
Ohne von Lauras Elternhaus aus gesehen zu werden, waren sie über ein hinten gelegenes Grundstück gefahren und hatten an der Garage Position bezogen. Lediglich die beiden Streifenwagenbesatzungen sperrten den engeren Bereich zum Haus Nr. 17 ab. Laura Köster hatte nur kurz mit den Beamten Kontakt gehabt und war gebeten worden, in einem der Funkstreifenwagen zu warten. Jetzt erkannte sie Martina Bell bei der Garage gegenüber und eilte zu ihr.
Christian Landau war damit einverstanden, dass Martina sich um die junge Frau kümmerte. Doch ihm kam noch eine Idee, die er schon auf dem Weg in die Memeler Straße mit einer Anforderung bei der Regionalleitstelle umgesetzt hatte.

Landau hatte Glück. Ernst-Dieter Schütt aus Bansdorf war weder in Wacken eingesetzt, noch sollte er sich mit zeitgleich eilig zusammenalarmierten Beamten auf den Weg zur Geltinger Bucht machen. Schütt war den gesamten Tag über im Dienst gewesen. Die Anforderung nach Kloster-hausen überraschte ihn zwar, doch sehr gerne wollte er den Sonderauftrag erledigen, den Christian Landau ihm gab. Er sollte sich gemeinsam mit Martina Bell um die Tochter kümmern, damit sie für die Dauer des Einsatzes ständig ansprechbar war. Eine ganz wichtige Rolle, wie Landau aus Berichten von ähnlichen Lagen wusste.

Laura war diejenige, die der Polizei jetzt genau die Informationen geben konnte, die sie unbedingt brauchte. Sie kannte den mutmaßlichen Täter und die Opfer. Sie wusste, wie es im Haus Memeler Straße 17 aussah, konnte genau beschreiben, wie die Ausstattung des Hauses war. Alles enorm wichtige Informationen nicht nur für die Spezialeinsatzkräfte, die im Falle eines Falles das Haus stürmen sollten, um die Geiselnahme zu beenden. Und dass es sich hier um eine Art Geiselnahme handelte, war spätestens nach dem Kontaktversuch eines Polizeibeamten an der Haustür klar. Die Eltern von Laura dürften tatsächlich in der Hand eines Gewalttäters sein. Und dabei handelte es sich sehr wahrscheinlich um Stefan Zachert. Laura hatte noch einmal kurz eine Person am Fenster gesehen und ihn erkannt.

Aber was war mit den Eltern geschehen? Es gab kein Lebenszeichen von ihnen. Hatte Zachert sie umgebracht? Oder hatte er sie nur überwältigt und im Haus eingesperrt?

Kurz nach Mitternacht waren alle an diesem Einsatz Beteiligten in der Doppelgarage versammelt. Lediglich Martina Bell und Ernst-Günter Schütt hielten sich zusammen mit Laura Köster neben der Garage im Mercedes Vito auf. Auch die neun SEK-Männer waren mittlerweile da. Die martialische Wirkung ihrer

Vollausrüstung war in der Garage nicht so heftig, weil die Männer ihre Spezialhelme mit der integrierten Kommunikationseinrichtung noch nicht aufgesetzt hatten.

Gruppen-Chef Guntram Hase blickte sehr ernst auf Landau, der gerade die Lage skizzierte, um danach das weitere Vorgehen zu besprechen. Beide kannten sich aus etlichen Einsätzen, bei denen die Kollegen des SEK die Festnahmen von gewaltbereiten Verdächtigen durchführen mussten. Guntram Hase war es, der mit seiner Gruppe immer recht zügig die Aufgaben erfüllte. Landau hatte es einmal so formuliert: „Guntram gehört mit seiner Gruppe für das ‚Da ran – da rein – da weg' mit zu den schnellsten.

„Bevor wir gewaltsam in das Haus eindringen, wollen wir alles versuchen, um die Situation ohne Gewalt zu lösen", formulierte Landau den Anspruch für die Befreiung des Ehepaares Köster. Er sah fragend auf seinen Stellvertreter Lukas Grote. „Lukas, wollen wir beide noch einmal einen Kontaktversuch vor der Haustür unternehmen? Vielleicht reagiert Zachert jetzt."

Hauptkommissar Grote nickte und klopfte sich gegen seine Brust, um zu dokumentieren, dass er seine Schussweste angelegt hatte. Wie zur Bestätigung schlug sich Landau ebenfalls mit der Hand gegen seine Brust und zeigte, dass auch er eine Weste trug.

Claudia Kaufmann und Kai Gellert sollten den Gesamtablauf minutiös protokollieren. Während Claudia sich sofort an die Arbeit machte - sie kannte das schon aus ähnlich gelagerten Fällen – rümpfte Jungkommissar Gellert die Nase.

„Nun guck nicht so sparsam", sprach Claudia ihn an, „das ist eine sehr wichtige Aufgabe und gar nicht so leicht auszuführen."

„Das ist doch Pillepalle", meinte Gellert. „Ich wäre lieber dabei, wenn es ins Haus geht."

„Dafür haben wir unsere Jungs vom SEK", mischte Christian Landau sich ein, der die Äußerung seines jungen

Kollegen mit einigem Missfallen aufgenommen hatte und ihn heftig anfuhr. „Das hier ist kein Wunschkonzert, Kai. Ich habe Claudia und dir eine Aufgabe gegeben und wünsche darüber keine Diskussion."
Kai lief rot an, er war von diesen deutlichen Worten seines Chefs überrascht. Das kannte er so noch nicht. Es war Claudia Kaufmann, die die Situation rettete. „Komm ich zeig' dir auf meinem Laptop, wie die Einsatzdokumentation aufgebaut wird, damit sie später auch Bestandteil einer Verfahrensakte sein kann." Claudia hatte die Notwendigkeit einer gründlichen Dokumentation begriffen, Kai Gellert musste das erst noch lernen.

SEK-Mann Hase sprach jetzt an, was die gesamte Zeit im Raum stand und weshalb seine Einsatzgruppe überhaupt vor Ort war.
„Ich habe mir mit meinen Kollegen nach den Angaben der Tochter eine Skizze von dem Objekt gemacht. Wenn wir da eindringen sollen, dann müssen wir es im Schutze der Dunkelheit tun, also in dieser Nacht. Am Tag können wir uns dem Haus nicht unbemerkt nähern."
Christian Landau spürte durch die Worte von Guntram Hase, dass von ihm irgendwann in den nächsten Stunden eine Entscheidung abverlangt werden würde. Eine Entscheidung, die schwerwiegende Folgen haben könnte. Mit diesem Druck konnte er gut umgehen. Die Entscheidung, die Hase soeben angesprochen hatte, würde erst am Ende der Bemühungen stehen, die er mit seinen Kollegen geplant hatte.
Landau und Grote verließen die Garage und gelangten über das hintere Grundstück und einen Umweg in die Memeler Straße, um sich dem Kösterhaus unbemerkt von der Seite nähern zu können. Die Beamten von der polizeilichen Absperrung waren über Funk informiert.
Wenige Augenblicke später drückten sich beide Kripomänner links und rechts neben der Eingangstür vom

Kösterhaus an die Wand. Landau spürte das eigenartige Gefühl, sich in gewisser Art und Weise einer Situation ausgeliefert zu haben, die er auch gemeinsam mit Lukas Grote nicht völlig steuern konnte. Sowohl er als auch Grote hielten ihre Sig-Sauer Dienstpistolen fest in beiden Händen, bereit, sofort zu reagieren, falls Zachert ein Fenster öffnen und auf die Beamten schießen würde. Nein, Angst war es nicht, die Landau in dieser Lage befiel, es war höchste Anspannung und volle Konzentration. Beide Männer horchten an der Tür, ob sich im Inneren des Hauses etwas tat. Kein Wort, kein Geräusch. Es war mucksmäuschenstill da drinnen. Die Worte von Christian Landau hallten durch die Nacht. „Herr Zachert, mein Name ist Landau von der Kriminalpolizei. Wir kennen uns, Herr Zachert."
Nichts rührte sich.
„Herr Zachert, können wir beide reden?"
Stille.
„Herr Zachert, wie geht es Frau Köster? Wie Herrn Köster?"
Keine Reaktion.
„Herr Zachert, kommen Sie bitte an die Tür. Kommen Sie heraus. Noch ist nichts geschehen, und wir können alles regeln."
Immer noch keine Reaktion.
„Herr Zachert, wollen Sie mit Laura sprechen? Ich kann das organisieren, wenn Sie möchten. Wollen Sie?"
Weiterhin Stille. Nein, im Flur polterte etwas.
„Herr Zachert, kommen Sie an die Haustür. Lassen Sie uns reden."
Zwei laute Knallgeräusche peitschten kurz hintereinander durch die Stille. Holz der Haustür splitterte nach draußen.
„Stefan, hör auf zu schießen", brüllte Lukas Grote in die Nacht. Obwohl er noch keinen persönlichen Kontakt mit Zachert gehabt hatte, duzte er ihn jetzt.

In den Häusern der Nachbarschaft erleuchteten nach und nach Zimmerfenster und die Bewohner zeigten sich dort, um nach dem Rechten zu sehen.

„Achtung! Achtung! Hier spricht die Polizei. Wir haben in der Memeler Straße eine gefährliche Lage. Löschen Sie das Licht in ihrer Wohnung. Gehen sie nicht ans Fenster. Bleiben Sie in ihrer Wohnung."

Erich Ruhländer war während seiner Nachtschicht im Polizeirevier zur Verstärkung der Absperrungen in die Memeler Straße geeilt und hatte die brenzliche Lage für die Anwohner dort schnell erkannt. Eine Evakuierung der nächstgelegenen Häuser zur Nachtzeit wäre unter den gegebenen Umständen chaotisch verlaufen. Also entschied sich Ruhländer nach Rücksprache mit Landau und Hans-Hermann Sassendorf von der Regionalleitstelle zu einer Lautsprecherdurchsage.

Ruhländer wiederholte sie. „Achtung! Achtung! Hier spricht die Polizei…"

Kurz nacheinander oder fast gleichzeitig waren sämtliche Fenster in der Umgebung wieder dunkel.

Unmittelbar nach den Durchsagen wurden im Kösterhaus vier weitere Schüsse abgefeuert, ohne dass die Projektile erkennbar nach draußen drangen.

Grote und Landau zogen sich von ihrer Position an der Haustür zurück und erreichten nach wenigen Augenblicken die Garage, in der jetzt über das weitere Vorgehen entschieden werden musste.

Die Schüsse waren bis hin zur Garage zu hören. Auch Laura hatte sie wahrgenommen. Sie war voller Panik aus dem Mercedes-Vito gesprungen. Martina Bell und Ernst-Dieter Schütt mussten schnell handeln und sie festhalten, sonst wäre sie über die Straße zu ihrem Elternhaus gelaufen.

„Was ist passiert? Was ist mit meinen Eltern?" fragte sie aufgeregt, als Landau mit Grote zurückkehrte. Sie war völlig aufgelöst.

„Er hat geschossen", antwortete Lukas Grote. „Durch die Tür nach draußen. Mann, ist der Typ gefährlich!"

Christian Landau wollte nichts verheimlichen. „Im Haus hat er ebenfalls geschossen. Wir haben vorher nichts gehört. Kann sein, dass er nur geschossen hat, um uns von der Tür wegzukriegen."

„Aber was ist mit meinen Eltern? Leben sie noch?" Lauras Fragen klangen so, als beinhalteten sie bereits die Antwort. Und zwar die schlechteste aller Antworten.

Guntram Hase hörte sich das Gespräch vom geöffneten Garagentor aus an. Er hielt mit seiner Meinung nicht lange hinterm Berg.

„Wenn er geschossen hat, dann kennt er keine Schranken mehr. Dann müssen wir rein und die Sache beenden."

Ernst-Dieter Schütt merkte sofort, wie sich die Worte des SEK-Mannes auf Laura auswirkten. Er legte ihr seine Hand auf die Schulter und sagte: „Komm' Laura, wir müssen noch einiges besprechen, was für uns alle noch wichtig werden könnte." Mit diesen Worten drängte er sie gewissermaßen wieder in den Vito. Martina folgte den beiden.

„Ich will erst nochmal versuchen, Zachert ans Telefon zu kriegen", erklärte Landau und schlug vor, das weitere in der Garage zu besprechen. Lukas Grote nickte. „Ich kümmere mich um den Anruf."

Gruppen-Chef Hase schaute unzufrieden. „Was ist, wenn Zachert vorhin seine Geiseln erschossen hat?"

„Dann können wir nichts mehr gewinnen", meinte Landau und hielt sein Kinn mit der rechten Hand. Er sah sehr nachdenklich aus. „Wir haben bisher überhaupt kein Lebenszeichen von den Kösters. Auch als die Schüsse fielen gab es keine Stimmen oder etwas, was man denen zurechnen könnte."

„Das kann bedeuten, dass sie nicht mehr am Leben sind", sagte Hase in einer auffallend sachlichen Tonlage. Sie passte so gar nicht zu der Dramatik der Lage, aber sehr zu dem SEK-Mann, der sich auch in solchen Augenblicken nie zu Emotionen hinreißen lassen würde.

„Es kann aber sein, dass er Lauras Eltern irgendwo im Haus eingesperrt oder gefesselt hat, um nicht ständig auf sie aufpassen zu müssen", überlegte Christian Landau laut. „Dann wäre es ein Risiko, ins Haus zu gehen."

„Beide Telefone sind tot", erklärte Lukas Grote, nachdem er versucht hatte, sowohl den Festnetzanschluss als auch das Handy der Kösters zu erreichen.

„Das sieht nicht gut aus", urteilte Guntram Hase. Zachert will gar keinen Kontakt mehr.

„Wäre es eine Option, wenn wir hier doch evakuieren und weiträumig absperren?" fragte Lukas Grote.

Landau entgegnet fast resigniert: „Es könnte eine Option sein, wenn wir denn dazu in der Lage wären. Aber mehr Leute haben wir nicht und deshalb wäre schon die Evakuierung in der Nachbarschaft ein großes Risiko. Nein, ich glaube, wir müssen in der Nacht handeln. Alles andere bringt uns nicht weiter."

„Okay, dann gehen wir rein", reagierte Guntram Hase und drehte sich zu seinen Leuten. Es kam Bewegung in die Gruppe.

Landau hob die Hand. „Noch nicht. Es ist jetzt knapp ein Uhr vorbei. Wir sollten warten und herausfinden, was sich im Haus sonst noch tut. Habt ihr die erforderliche Technik dafür mit?"

„Klar haben wir die Aufklärungstechnik dabei. Die müssen wir sowieso installieren, bevor es losgeht. Wir wollen doch wissen, wo wir Zachert in dem Haus antreffen, wenn wir ihn besuchen.

Ernst-Dieter Schütt hielt einen Zettel in der Hand, als er den Vito verließ und in die Garage kam. „Hier, von Laura", sagte er und gab Landau das Papier. „Sie hat einen fast

genauen Grundriss des Hauses und aller Räume skizziert und nach Möglichkeit auch die Möbel einbezogen."
„Danke, Ernst-Dieter, das können wir gut gebrauchen. Es ist genauer als die bisherige Zeichnung" Landau blickte auf die Skizze und gab sie anschließend an Hase weiter.
Ernst-Dieter sah Landau an. „Ich, äh, ich meine, das mit dem Stürmen des Hauses kann doch fürchterlich schief gehen. Sollten wir nicht noch etwas anderes versuchen?"
Bei diesen Worten verfinsterte sich das Gesicht von Guntram Hase. Er protestierte. „Wir haben jetzt alles versucht. Uns läuft die Zeit weg."
„Was würdest du vorschlagen, Ernst-Günter?" Landau wollte sich zumindest anhören, was Schütt zu sagen hatte.
„Laura hat vorhin auch die Lautsprecherdurchsage mitbekommen. Sie sagt, sie würde über Lautsprecher mit Zachert reden. Vielleicht bringt ihn das noch zum Einlenken."
„Meinst du, sie ist dazu nervlich in der Lage?" Landau zweifelte. Kurz zuvor war Laura einem Zusammenbruch nahe gewesen.
Ernst-Dieter zeigte sich zuversichtlich. „Wenn Martina und ich daneben sitzen, dann hält Laura das aus. Sie hat Vertrauen zu uns."
„Okay, wir können nur gewinnen", entschied Landau und wandte sich an den SEK-Gruppenchef. „Und ihr bereitet euch darauf vor, dass es danach ins Haus geht, wenn Lauras Ansprache nichts bringt."
„Dann setzen wir jetzt gleich die Richtmikros und die Mini-Cams ein, um nähere Infos zu kriegen."
„Macht, was technisch möglich und erlaubt ist", sagte Landau. Er hatte sich nie richtig um die technischen Details gekümmert, weil er fand, dass dafür ja die Spezialkräfte da waren. Wohl wusste er um die erstaunlichen Resultate beim Einsatz von Richtmikrofonen. Und auch der von Mini-Kameras mit Restlichtaufhellung. Diese Dinger konnten

selbst durch kleinste Spalte noch brauchbares Bildmaterial liefern.

Dass dieses Gerät in dieser Nacht zum Einsatz kommen sollte, sah Landau eher als selbstverständlich an.

Es vergingen keine zehn Minuten, da saß Laura Köster neben Martina Bell und Ernst-Dieter Schütt im Streifenwagen von Erich Ruhländer. Es knackte zweimal im Außenlautsprecher, dann konnte man laut und deutlich Lauras Stimme hören: „Stefan, bitte, schalte dein Handy ein. Ich will mit dir reden. Stefan, bitte, rede mit mir. Ich rufe jetzt an."

Zacherts Mobiltelefon blieb ausgeschaltet. Laura erreichte ihn nicht.

Noch zweimal hallte ihre Stimme durch die Memeler Straße. Beim zweiten Mal war sie zittrig, dem Weinen nahe. „Stefan, bitte, bitte. Geh ans Handy."

Lauras Mühen war vergeblich.

Nicht ganz. Zwei SEK-Männer nutzten die Zeit der Ansprachen, sich an das Haus zu schleichen, um dort die Technik zu verbauen, die zur näheren Ausforschung der Geschehnisse im Inneren des Hauses nötig war. Unbemerkt kehrten beide danach zur SEK-Gruppe zurück, um die Früchte ihrer Arbeit an den Empfangsgeräten zu ernten.

„Laura, du hast alles versucht", waren die tröstenden Worte Martinas, als sie den Streifenwagen verließen und sich wieder über das hinten gelegene Grundstück zum Mercedes-Vito begaben.

„Das finde ich auch", meinte Ernst-Dieter Schütt. Er wusste, dass Laura alles gegeben hatte. Jetzt war das SEK an der Reihe. Man konnte nur abwarten, wie der Einsatz ausgehen würde.

Es tat sich nichts im Kösterhaus. Eine nicht enden wollende Stunde konzentrierten sich die beiden Techniker der Sondereinsatztruppe auf Geräusche und Bewegungen im Haus. Doch es blieb still. Totenstill.

Landau bemerkte, wie Guntram Hase und seine Leute immer ruhiger wurden. Es war die Anspannung, die jeden der Männer nun kurz vor der entscheidenden Arbeit dieser Nacht erfasste. Der Plan war gemacht, die Aufgaben verteilt. Hase sah Landau an. „Sollen wir?"
„Ja", entschied er. „Geht rein und holt ihn raus."
Um Punkt drei Uhr war es so weit.
Das Holz der vorderen Eingangstür splitterte, als zwei SEK-Männer diese Tür mit einer Ramme öffneten. Fast zeitgleich zündete eine Blendgranate, die ein dritter Beamter in den Flur warf. Mit drei weiteren Kollegen blieben diese Männer außerhalb des Hauses, um einen eventuellen Fluchtversuch des Täters durch ein Fenster zu verhindern.
Durch den Lärm unbemerkt drangen drei Beamte, einer davon Guntram Hase, durch die seitlich links gelegene hölzerne Tür zum Hauswirtschaftsraum in das Haus ein und von dort aus weiter in die Küche. Mehrere Salven aus der mitgeführten MP 5 konnte man draußen hören. Dann vier einzelne schnell nacheinander abgegebene Schüsse aus einer Pistole und danach noch einmal eine kurze MP-Salve. Anschließend für Augenblicke eine Ruhe, die überhaupt nicht zu den dramatischen Ereignissen passen wollte. Die dann extrem laut schreiende Männerstimme schon eher. Es waren Zacherts Schreie.
Dann war es Guntram Hase, der die Spannung mit der Meldung an die draußen verbliebenen Leute seiner Gruppe durchbrach. „Wir haben ihn. Er ist am Arm verletzt."
Der vorsorglich bereit gestellte Krankenwagen fuhr zügig vor, Sanitäter rannten in Begleitung zweier SEK-Männer ins Haus. Es dauerte einige Zeit, bis sie Stefan Zachert, am rechten Arm verbunden, auf einer Trage in den Krankenwagen hievten. Polizeikommissar Ruhländer und Lukas Grote saßen mit im Krankenwagen, als dieser mit Blaulicht und Martinshorn Richtung Krankenhaus davonbrauste.

Laura hielt es nicht mehr im Vito. Sie hatte die Dramatik teilweise mitbekommen. „Was ist mit meinen Eltern? Wo sind sie?" rief sie und rannte zum Haus. Martina Bell und Ernst-Dieter Schütt folgten ihr.
An der Haustür kam ihnen SEK-Gruppen-Chef Hase entgegen. „Sie können hier noch nicht rein!" Scharf klangen seine Worte, die er an Laura richtete. Doch Laura nahm sie nicht wahr und sauste an Hase vorbei in den Hausflur. „Vati! Mutti!" Laura war verzweifelt und dem Weinen nahe. „Vati! Mutti! Wo seid ihr?"
„Wir haben sie noch nicht gefunden", erklärte Hase den jetzt eintreffenden Beamten des 1. K. „Wir haben das Haus aber noch nicht ganz durchsucht."
„Das übernehmen wir, Guntram", sagte Martina Bell trocken. Sie hatte ein mulmiges Gefühl. Die Befürchtung, Lauras Eltern tot aufzufinden, bedrückte sie sehr. Sie sah die von etlichen Einschüssen zerborstene Küchentür und den Türrahmen. Hier war Zachert offensichtlich von den aus dem Hauswirtschaftsraum in die Küche eindringenden SEK-Polizisten angeschossen worden. Eine große Blutlache auf den hellen Fliesen im Flur vor der Küchentür zeugte davon. Weiter auffällig die blutigen Schuhabdruckspuren, die sich hier satt abzeichneten und Richtung Haustür schwächer ausgeprägt waren. Diese Spuren stammten offensichtlich von den am Einsatz Beteiligten und von den Sanitätern.
Laura war mit Ernst-Dieter Schütt weiter in das Haus vorgegangen. Im Wohnzimmer, Schlafzimmer, Lauras ehemaligem Kinder- und jetzigen Gästezimmer und im Bad keine Spur der Eltern. Mit zitternden Knien öffnete Laura die Tür vom Flur zum Kellerniedergang. Dort brannte ein spärliches Licht. Ihr Herz klopfte heftig, als sie mit Schütt zusammen die schmale Kellertreppe hinabstieg.
„Mutti! Vati!" schrie sie laut auf und eilte den Kellergang bis zu Ende, wo die Tür zum Heizungsraum geöffnet war.

„Sie sind hier unten", rief Schütt nach oben und folgte Laura in den Heizungsraum. Mit Gewebeband gefesselt und geknebelt lagen Maren und Sören Köster auf dem Fußboden neben dem Ölbrenner. Sie lebten. Beide zappelten mit den Füßen, als ihre Tochter in den Raum trat. Ihre Stimmen ließen nur ein gedämpftes „Mmh. Mmh" zu. Laura riss die auf den Mund geklebten Gewebeklebebänder sofort ab. Sie und ihre Eltern fingen noch während der Befreiung an zu weinen. Sie weinten vor Glück.

14.
Guntram Hase hatte es während des Eindringens in die Küche bemerkt. Der Schmerz auf der Brust war kurz und stark gewesen. Doch die für das SEK Schleswig-Holstein beschaffte schusssichere Weste war von äußerst guter Qualität. Der Schuss aus Zacherts Walther PPK, Kaliber 7,65, hätte hundertprozentig sein Herz durchbohrt. Hase schauderte bei dem Gedanken, dass er ohne die Weste jetzt in einem Sarg liegen würde. Oder was wäre geschehen, wenn der Schütze seinen Hals oder sein Gesicht getroffen hätte? Hase mochte nicht weiter denken.
Das tat Christian Landau für ihn. „Du hast viel Glück gehabt, Guntram. Ich bin mir nicht sicher, ob es richtig war, diesen Einsatz so durchzuführen."
„Der Erfolg zählt", entgegnete Hase und lächelte. Kurz zuvor hatte er sich fernmündlich eine saftige Rüge von seinem SEK-Chef, der immer noch wegen des Terroralarms auf dem Kreuzfahrtschiff in Gelting-Mole eingebunden war, abgeholt. Hase hatte ihm den genauen Ablauf des Einsatzes in der Memeler Straße geschildert. „Du bist ein richtiger Bruder Leichtfuß", war der Vorhalt vom SEK-Chef. „Ich hätte mir sogar überlegt, ob ich diesen Einsatz mit dem gesamten SEK so gemacht hätte. Da waren doch viel zu viele Unwägbarkeiten."

*

Lukas Grote leistete ganze Arbeit. Noch während der Fahrt im Krankenwagen äußerte Stefan Zachert sich spontan. Diabolisch grinste er, als er sagte: „Das sollte ihr eine Lehre sein. Mich wirft sie nicht so einfach raus. Mich nicht!"
„Was wolltest du von ihr?" setzte Grote nach. Er wusste, dass Stefan schon bei seiner Festnahme von den SEK-Männern auf seine Rechte hingewiesen worden war.
Zachert grinste immer noch. „Sie hätte sich entscheiden können. Entweder wir sind wieder zusammen oder alles ist aus."
„Wolltest du sie umbringen?"
„Nur wenn sie die falsche Entscheidung getroffen hätte."
„Und ihre Eltern?"
„Nur wenn sie die falsche Entscheidung getroffen hätte", wiederholte Zachert und sein grinsendes Gesicht verwandelte sich in eine hässliche Fratze. Er drehte den Kopf weg und sah Grote nicht mehr an.
„Du hast auf die Polizisten geschossen. Warum hast du das getan?"
Zachert schwieg. Seine Augen drehten sich.
„Du hast einen Polizisten getroffen. Wenn der keine Schussweste getragen hätte, dann wäre er jetzt tot."
„Sein Risiko. Er hat ja auch auf mich geschossen", entgegnete Zachert selbstgerecht und drehte sein Gesicht wieder zu Grote. Er sah so aus, als wolle er eine Bestätigung für seine Überlegung. Grote schüttelte nur den Kopf. „Das war versuchter Mord, Stefan, versuchter Mord." Erich Ruhländer, der etwas hinter Grote saß, musste sich sehr beherrschen, um den Festgenommen nicht anzubrüllen. Stattdessen sagte er: „Wir sind gleich da, Lukas. Die sollen ihn hier im Krankenhaus kurz verarzten und dann geht's mit einem Haftbefehl weiter in die Knast-Krankenabteilung."

*

Maren und Sören Köster waren für Christian Landau erstaunlich schnell ansprechbar. So erfuhr er noch in der Nacht, dass Zachert an der Haustür geklingelt hatte, um sich angeblich zu entschuldigen. Das Ehepaar Köster war arglos gewesen, als sie ihn ins Haus baten, um eine Tasse Tee zu trinken. Doch dann zog Zachert seine Waffe und forderte Maren auf, Sören mit Gewebeklebeband die Hände zu fesseln. Anschließend wurde Maren Köster gefesselt und beide Opfer gezwungen, in den Keller zu gehen, wo Zachert sie so fesselte und knebelte, wie sie Stunden später vorgefunden wurden. Als Erklärung für seinen Überfall habe Zachert folgendes mehrfach wiederholt: „Laura hat es in der Hand, ob ihr am Leben bleibt. Laura darf entscheiden."

*

Morgens gegen sechs Uhr meldete Christian Landau das Einsatzende an die Regionalleitstelle. Hans-Hermann Sassendorf hörte sich den Bericht kurz vor seinem Schichtende aufmerksam an.
„Das ist ja noch einmal glimpflich abgelaufen, Christian", sagte er.
„Das kannst du wohl sagen, es hätte wirklich schlimmer ausgehen können", bestätigte Landau und fragte nach der Lage in Gelting.
„Da wurde am großen Rad gedreht. Hintergrund ist ein Piratenüberfall auf ein französisches Handelsschiff vor Jahren im Golf von Aden. Als die Piraten das Schiff verlassen hatten, konnten Fingerabdrücke von einigen an Bord gesichert werden."
„Aber was hat das mit der Sache in Gelting zu tun?" Landau verstand die Geschichte nicht, die Sassendorf ihm da auftischte.
„Jetzt kommt's. Als in 2015 die große Flüchtlingswelle über uns hereinbrach, da waren die Behörden nicht in der

Lage, alle Flüchtlinge gleich erkennungsdienstlich zu behandeln. Es dauerte satte vier Monate, bis drei Somalier in Frankfurt dran waren. Anhand der gespeicherten Tatortfingerabdrücke konnten die drei als Piraten des Überfalls auf das französische Schiff identifiziert und festgenommen werden."

Landau wurde langsam ungeduldig. „Und was hat das mit dem Schiff in Gelting nun auf sich?"

„Der Kapitän erhielt über Funk die Aufforderung von bisher unbekannten Tätern, vor Gelting zu ankern. Auf dem Kreuzfahrer sei angeblich Sprengstoff versteckt worden, der jederzeit gezündet werden könne. Die Täter verlangten die sofortige Freilassung der drei Somalier."

„Oh, das ist heftig", fand Landau. „Und was nun?"

„Im Moment wird gerade in den Nachrichten verbreitet, dass die drei Piraten schon vor zwei Wochen nach Frankreich ausgeliefert worden sind. Die deutschen Behörden können gar nicht auf Forderungen eingehen, selbst wenn sie es wollten."

„Da können wir nur hoffen, dass nichts außer Kontrolle gerät." Mit diesen Worten beendete Christian Landau das Telefonat.

15.

Das Kreuzfahrtschiff „MS Andonta" lag noch drei Tage vor Gelting-Mole. Bei keiner Regierungsstelle, Behörde, Presseagentur oder gar wieder beim Kapitän des Schiffes gingen in dieser Zeit weitere Forderungen ein. Nach und nach konnten sämtliche Passagiere und Besatzungsmitglieder des Schiffes evakuiert werden. Dies geschah im Schutz der Dunkelheit. Die Auswertung der Passagierliste war zuvor im Ergebnis ohne Hinweis darauf, dass sich Terrorverdächtige tatsächlich an Bord befanden. Zeitgleich suchten Spezialisten mit Sprengstoffspürhunden das gesamte Schiff ab. Zwar wurden in den Containern der Catering-logistikfirmen Behälter gefunden, die ganz und

gar nicht dem Catering zugeordnet werden und somit durchaus mit Sprengmitteln gefüllt sein konnten. Doch der Inhalt bestand aus Substanzen, die absolut ungefährlich waren.
Der erste große Fall eines Terrorangriffes auf ein Kreuzfahrtschiff in Deutschland war glücklicherweise ohne dramatische Folgen geblieben. Die Ermittlungen nach den Verantwortlichen dafür dauern an.

*

Gemeinsam mit Martina Bell suchte Laura am Tag nach der Befreiung ihrer Eltern die psychiatrische Abteilung im Krankenhaus auf. Christian Landau hatte den Besuch Lauras angemeldet und Dr. Feininger von dem dramatischen Einsatz in der Memeler Straße berichtet. Auch die Vorgeschichte schilderte er dem Psychiater ausführlich und die Folgen für Laura. Sie konnte nun ganz kurzfristig ihre Therapie beginnen. Dr. Feininger sah gute Chancen dafür, dass Laura Köster in absehbarer Zeit beschwerdefrei würde leben können.

*

Ein halbes Jahr nach dem Verbrechen in der Memeler Straße verurteilte das Landgericht Lauras Ex-Freund Stefan Zachert wegen Geiselnahme des Ehepaares Köster, versuchtem Mord an dem SEK-Beamten Guntram Hase und der Vielzahl von Nachstellungsfällen zu einer Gesamtfreiheitsstrafe von insgesamt zwölf Jahren.
Die Brandstiftung konnte dem Angeklagten nicht eindeutig nachgewiesen werden. Zachert zeigte keine Reue. Nach der Urteilsverkündung blickte er wütend auf Rechtsanwalt Garrels, der die Nebenklage für Laura Köster in dem Prozess vertrat. „Sag' ihr, ich komme wieder. Sie wird sich

noch wundern", brüllte er. Dann führten ihn die Justizbeamten durch eine Seitentür aus dem Gerichtssaal.
Den Revisionsantrag von Zacherts Verteidigung verwarf der Bundesgerichtshof Wochen später. Das harte Urteil war rechtskräftig.
Sollte sich bei der Einstellung des frisch Verurteilten nichts ändern, dann hat er keine Chance auf Entlassung nach Verbüßung von zwei Dritteln der Haft.
Es dauert manchmal einige Jahre, bis auch Verbrecher wie Stefan Zachert das einsehen. Manche schaffen es nie.